베네세 하우스
(Benesse House)

베네세 하우스(Benesse House)

초판 1쇄 인쇄 2025년 10월 21일
초판 1쇄 발행 2025년 10월 23일
저　자 김현숙
발행인 박지연
발행처 도서출판 도화
등　록 2013년 11월 19일 제2013-000124호
주　소 서울시 송파구 중대로34길 9-3
전　화 02) 3012-1030
팩　스 02) 3012-1031
전자우편 dohwa1030@daum.net
인　쇄 (주)유진보라
ISBN 979-11-24052-04-4 *03810
정가 15,000원

잘못 만들어진 책은 교환해 드립니다.
저자와 출판사의 허락 없이 책의 전부 또는 일부 내용을 사용할 수 없습니다.

도화道化, fool는
고정적인 질서에 대한 익살맞은 비판자,
고정화된 사고의 틀을 해체한다는 뜻입니다.

베네세 하우스
(Benesse House)
김현숙 소설

도화

| 작가의 말 |

첫 창작집을 낼 때, 아마도 여섯 번째쯤의 창작집을 펴낼 즈음엔 꽤나 여유롭고 널널한 심경이리라 예상했었다. 그러나 정작 여섯 번째 저서, '작가의 말'을 쓰는 내 마음은 여전히 안개 속에 갇힌 듯 모호하고 혼미하기만 하다. 차라리 쓴다는 것의 속성을 깊이 알지 못했던 등단 초기의 미숙이 외려 더 담대를 불러 온 것은 아니었을까. 집필에서 흔히 말하는, 용불용설의 이론이 내 경우엔 잘 들어맞질 않는 거 같다. 알 수가 없는 일이다.

'첫 문장 쓰기가 대단히 어렵습니다. 저는 첫 문장을 쓰는데 몇 달이 걸리는데, 일단 첫 문단이 생기면 나머지는 아주 쉽게 나옵니다. 그런 까닭에 장편 소설을 쓰는 것보다 단편 선집을 쓰는 것이 훨씬 어렵습니다. 단편 한 편을 쓸 때마다 모든 과정을 다시 시작해야 하니까요.'

그간 몇 권의 장편과 단편집을 묶어내며 나 또한 가브리엘 마르께스의 의견에 충분한 공감을 표하지 않을 수 없음은 어찌 설명해야만 할까. 작가로서의 경륜이 쌓일수록 창작에의 외경과 두려움 또한 점차 더 커져만 감은 어쩐 일일까. 그것에서 온전히 벗어남이 스스로 극복해야만 할 궁극적 화두임을 느낀다.

당신이 원하는 모든 것은 두려움의 저편에 있다.『영혼을 위한 닭고기 수프』의 저자, 잭 캔필드의 명언이 새삼 가슴을 파고드는 여름.

유난했던 폭염 속에서 고생 많았던 출판사 도화 편집진, 또한 늘 격려와 성원 아끼지 않는 동료 작가들, 그리고 사랑하는 나의 가족에게도 깊은 감사의 마음을 전하고 싶다.

2025. 10.
김현숙

차례

작가의 말

고운사 가는 길 / 9
베네세 하우스(Benesse House) / 35
두렵고 사랑스러운 나의 목격자들 / 59
비누풀꽃 / 95
엔하이픈 XO / 123
운중천의 안개 / 147
유폐幽閉 / 173

스마트소설

그의 세 번째 여자 / 191
탈의 미소 / 199

고운사 가는 길

지난 4월, 일본 J대 특별졸업증서 증정식에서 유쿄를 만난 지 근 석 달여의 시간이 흐른 후 혜인 형제들은 마침내 고운사를 방문하기로 결정했다. 형제자매 다섯 중 직장에 매인 셋째 딸 영인만 빼곤 네 명이 모두 함께하는 일정이었다. 아버지의 작고, 무려 30주년이 지나서야 겨우 단행된 일이라 만시지탄의 회한이 가득하였으나 그래도 전혀 행하지 아니함 보단 낫다는 의지 하나로 네 명이 한 차에 동승, 신라의 의상대사가 창건했다는 경북 의성군의 천년 사찰 고운사를 향해 길을 떠났다. 주로 가장 젊은 재민이 운전대를 잡고 잠깐잠깐 큰동생, 동민과 교대하는 것으로 서로를 배려하며 아버지의 흔적을 찾아가는 행로란 혼연함 가운데 일면은 또한 막막함, 착잡함이 교차되기도 하는 묘한 기분이었다.

경북 의성군 단촌면, 구름을 타고 오른다는 등운산 자락 연꽃이 반쯤 핀 형상이라는 '부용반개형상'의 명당에 자리한 고운사. 신라의 명문가, 최치원의 호, 고운孤雲에서 유래되었다는 유서 깊은 명사찰. 한 마디로 그곳이 빼어나게 아름다운 절임을 깨닫는 덴 그닥 많은 시간이 걸리질 않았다. 주차장 바로 앞 일주문을 지나 곧바로 시작되는 경내로 향하는 천년 숲길은 더없이 고아하고 정취가 있어 언젠간 꿈속에서 꼭 한번은 다녀온 듯한 느낌이었다. 아름드리 소나무와 단풍나무가 적절한 조화로 아치를 이뤄 걷는 일에 더욱 정겨움과 그윽함을 안겨주는 1Km 정도의 황톳길은 힐링엔 진정 최적이란 생각이 들었다. 아니 이렇듯 기막힌 절을 처음 오다니! 더구나 부친이 어린 시절 수학한 절이거늘……. 이곳 절터를 가로지르며 온갖 궂은 일을 감당했을 작은 동자승의 애잔한 모습이 떠올라 혜인의 마음에 짠한 물결이 휘몰아쳤다.

가운루. 구름을 등에 짊어진 누각, 이름 그대로 짧은 평생, 외로운 구름을 등에 지곤 허허로이 떠돌았을 아버지. 애달픔 가득한 마음을 추스르며 경내를 한바퀴 둘러보았다. 대웅전을 비롯한 독특한 형상의 종각, 절터를 에워싸고 조화로이 세워진 빼어난 건축미의 조계문, 연수전 등 건물 하나하나에 더없이 고졸한 아취가 감돌아 절로 탄성이 새어 나왔다. 유난히도 무더웠던 여름 끝머리, 마침 백중이 가까워 사찰 사무실 입구, 조상을 위한 천도

재 신청을 알리는 대형 현수막이 눈길을 끌었다. 사무실에서 조부모님, 그리고 다섯 살 어린 나이에 동자승으로 고운사에 입교한 부친을 위해 천도재를 청하는 혜인 남매의 마음은 모두 한없는 숙연함에 빠져듦을 어쩔 수가 없었다.

혜인이 마침 사무실에 들른 한 스님께 고개 숙여 합장하며 물었다.

스님, 외람된 말씀이오나 일제 시대 저희 부친이 이곳에서 수학하셨다 들었는데 혹시 그 기록이나 명단이라도 볼 수 있겠는지요.

스님이 답했다.

보살님, 아쉽게도 일제 시대 기록이나 자료는 화재로 전부 유실되어 현재 전혀 남아있질 않습니다. 다만 그때 여기 와서 수학한 동문들의 모임이 있다고 들었습니다. 그분들 연락처는 원하시면 여기 사무실에서도 알려드릴 수 있는 걸로 압니다만……. 현재 이곳에 세워진 화엄승가대학원이 바로 그 원조이며 증거라 할까요. 나라 빼앗긴 일제 강점기, 스님들이 여기서 많은 인재들을 길러 낸 유래 깊은 사찰이지요, 예로부터 전해오는 말이 있습니다. '고운사에 가서 글자랑 하지 말아라.' 이곳이 바로 그런 말이 전해 오는 곳입니다. 여운처럼 그 말을 남기며 스님은 홀홀이 사무실을 떠나갔다. 혜인 남매는 모두 아쉬움 가득한 낯빛이 되어 한동안 그 자리에 망연히 서있을 뿐이었다. 무언가 만시지탄의 회한이 가득 차올라 꼼짝을 할 수가 없었던 것이다.

　법당에 들어 불전을 놓고 삼배 올린 후 조용한 묵상과 기도의 시간을 가졌다. 혜인의 가슴에 알 수 없는 슬픔과 그리움, 회한이 가득차 올라 눈시울이 뜨거워 왔다. 어린 시절부터 고난과 극기의 연속이었던 아버지의 생애가 새삼 가슴을 울려왔던 까닭이었다. 기도를 마치고 법당을 나와 우화루 넓은 창가에 앉아, 마음을 가라앉히는데 좋다는 작설차를 마셨다. 날개가 돋아 신선이 된다는 뜻의 우화루羽化樓, 혹은 불교적 용어로 꽃비가 내린다는 의미의 우화루雨花樓. 그 어느 쪽이든 그때그때 본인 마음 무늬에 따라 해석을 달리하면 될 일이었다.

　지난 봄 일본 J대 특별졸업증서 증정식이 서울 L호텔에서 거행됨을 알리는 남동생의 전갈을 받고 혜인은 한동안 망연한 기분에 휩싸였다. 5남매의 막내인 재민이 우연히 일간신문 공고란을 통해 알게 된 사실이 결코 우연만이 아닌 듯한 강한 충격을 받았기 때문이었다. 얼핏 스치기 십상인 그러한 기사가 하필이면 가장 막내인 그의 눈에 띄어 가족에게 전달되다니.
　애련하고 짠한 마음에 그녀의 심장 한가운데 어디에선가 자꾸만 물기가 배어남을 막을 수가 없었다. 일본 유학 중 대동아전쟁으로 불가피하게 학업을 중단해야만 했던 아버지의 더없이 외롭고 지난한 삶이, 세월 갈수록 가슴에 사무쳐옴을 혜인은 도무지 그 까닭을 알 수가 없었다. 살아 생전, 굳이 일본 J대, 정든 모교를 찾아가 한때 재학한 증명이라도 확인하려 시도하였으나 그마저 학적의 증명이 어렵다며 자료 열람을 거절당한 당시 아버지의 심경은 과연 어떠했을까. 예전에 묵었던 학교 인근의 하숙집조차 흔적없이 사라짐을 확인한 허탈감, 그 상실감은 이루 말로 표현할 길이 없었다는 후일담이 내내 잊혀지질 않았다.

전쟁이 끝나고 반세기가 훌쩍 지나서야 그런 아버지를 대신하여 특별졸업장을 수여받는 재민의 모습은 가슴 미어져내리는 슬픔과 회한일 밖엔 없었다. 김성일. 스즈키 세이이치. 특별졸업장에 기재된 아버지의 일본식 이름은 스즈키 세이이치임을 알았다. L호텔 별실, 특별졸업증서 증정식이 거행되는 식장 한켠, 혜인은 어머니, 재민과 함께 지정석 네임 텍이 꽂힌 라운드 테이블에 앉아 있었다. 어느 순간 매우 세련된 모습의 노부인이 유심히 네임 텍을 살펴보며 혜인의 곁으로 다가왔다.
저어, 혹시 스즈키상의 따님이 아니신지요. 비교적 유창한 한국어였으나 어쩔 수 없이 일본어 억양이 묻어나는 깍듯한 말투의 노부인이 혜인을 향해 살풋이 고개를 숙여 보이며 웃고 있었다. 상당히 나이가 들어 보였으나 은은한 기품과 아름다움이 깃든 모습이었다. 자신도 모르게 혜인은 자리에서 급히 몸을 일으키며 정중히 그녀의 인사를 받았다. 예, 맞습니다. 제가 둘째 딸입니다. 이 분은 저희 어머니시고요. 지금 대리로 졸업장 받는 저 청년이 저의 막내 동생입니다. 근데, 저어…… 누구신지 여쭤봐도 될까요. 혜인이 묻자, 어머니와 눈을 맞추며 목례를 나누던 노부인이 답했다. 안녕하십니까. 저는 스즈키상의 오래 전 친구 유쿄입니다.

그녀의 말이 떨어지는 순간 혜인의 어머니도 반갑게 자리에서 몸을 일으켜 인사했다. 말씀 많이 들었습니다. 힘들고 어렵던 유학 시절 많은 도움을 주신 분으로 그이도 늘 잊지 않고 얘기했지요. 두 여인이 손을 맞잡으며 인사를 나누었다. 묘한 순간이 아닐 수 없었다. 어쩜 아버지가 오래도록 가슴에 품은 옛 연인과 그의 아내가 서로 정면으로 마주치는 장면이 아닌가. 혜인은 극히 조심스런 마음이었으나 적어도 표면상으론 아무런 탈 없이 넘어가 안도했다. 건배에 이어 식사의 순서가 오자, 식장 대리인석에 앉아있던 재민이 테이블로 다가와 유쿄를 향해 목례를 보냈다.

인사 드려라. 아버지 옛 친구 되시는 유쿄 씨다. 혜인의 설명에 재민이 허리 굽혀 인사하며 그녀에게 미소를 보냈다. 반갑습니다. 저희 아버님 옛 친구시라면 혹시 중앙대 동문이신지요. 아, 아닙니다. 저는 스즈키상보다 한참 나이가 적습니다. 스즈키상이 대학생일 때 저는 겨우 세일러복의 여고생일 뿐이었지요. 노부인이 포근한 미소로 답했다.

사실은요, 스즈키상이 도꾜에 계실 때 저희집에 하숙을 하셨어요. 마당을 함께 쓰며 늘 마주 치곤 해서 혈육처럼 가까워진 사이였지요. 아련한 그리움이 묻어나는 얼굴로 노부인이 말을 이었다.

저는 도쿄 외대 한국어과를 나와 오랜 세월 중앙대 교무과 직원으로 일해왔기에 자연히 이번 행사도 알게 되었지요. 이미 퇴직은 했지만 전쟁 전후 부모님이 중앙대 앞에서 오랜 세월 하숙을 하여 유독 중앙대 출신 지인이 많습니다. 이번에도 그분들의 주선으로 여기까지 오게 되었고, 한국에 오면 혹여 스즈키상 소식이라도 들을까 싶었는데, 특별졸업생 명단을 보니 대리인 이름이라 돌아가셨음을 직감했지요. 경쾌한 억양 속 나직한 음성에 뭔가 더욱 애절한 감정이 묻어나는 듯한 느낌이었다. 그녀는 왜 하필이면 한국어를 전공한 것일까. 그리고 대학 졸업 후 왜 하필이면 중앙대 교무과에 들어가 일을 한 것일까. 그것이 비록 우연의 연속이라 해도 그건 결코 범상치 않은 선택임이 틀림없었다. 아버지에 대한 그녀의 마음을 어느만큼은 짐작케 하는 행위임을 부인할 길이 없었다.

돌연 물기가 차오르는 눈빛으로 재민을 바라보던 그녀가 말했다.

아드님이 정말 아버지를 많이 닮으셨어요. 스즈키상 대신 졸업증서를 받기에 그의 아들임을 확신했으나 마치 젊은 날의 스즈키상을 보고 있는 거 같습니다. 따님도 특유의 눈매며 입매가 꼭 아빠를 닮았어요……. 오늘 실례 많았습니다. 그럼 저는 이만 일행에게로 가봐야 할 것 같네요. 정말 고맙고 반가웠습니다. 내일은 경북 의성군의 고운사 방문 일정이 있어요. 그곳 고매한 스님들이 당시 한국의 많은 인재들을 일본으로 유학 보낸 인연 깊은 사찰이지요. 스즈키상도 그곳에서 수학하신 걸로 알고 있습니다만…….

유쿄의 맑은 눈빛이 혜인을 향하고 있었다.

맞습니다. 아버지께서도 늘 고운사 얘길 하시곤 했어요. 그곳 스님들로부터 학문을 배우고 익히셨다고…… 그리고 일본 유학의 계기를 마련해 준 은혜의 사찰이라고 늘 말씀하셨어요. 조만간 저희도 꼭 한번 방문하고 싶습니다. 혜인이 가족을 대변하듯 말했다.

혹시 유쿄님 연락처 좀 알 수 있을까요. 출국 전 저희가 식사 대접이라도 하고 싶은데 일정이 어떠신지요. 시간 좀 낼 수 있으신지요.

아무래도 그녀를 그대로 보낼 수 없다는 생각에 용기를 내어 혜인이 말했다.

고맙습니다만 함께 온 일행과의 짜여진 일정이 있어 개인 시간을 내긴 힘듭니다. 모레 아침엔 한국을 떠나야 해서요. 대신 언제라도 자제분들 일본에 오시면 스즈키상 모교, 중앙대 안내를 꼭 제가 하고 싶습니다. 빠른 시일 내 꼭 한번 오시기 바랍니다.

자신의 명함을 꺼내 혜인과 재민에게 건넨 후 그녀는 몇 번이나 허리를 굽혀 인사하며 일행이 앉아있는 테이블로 돌아갔다.

혜인의 아버지, 성일은 평소 몹시 과묵하고 술을 그닥 즐기는 편은 아니었다. 그러나 어쩌다 사업상 거나하게 취해 귀가한 밤이면 딸 셋을 앉혀 놓곤 곧잘 그 예전 젊은 날 동경 유학 시절의 이야길 들려주곤 했다.

도쿄의 하숙집 딸 유쿄의 단아하고 예의바른 언행에 대해, 그리고 그녀의 어여쁜 외모에 더한 인정 어린 고운 마음씨까지, 마치 어제 만나고 온 듯 상세히 묘사하여 딸들을 놀라게 했다. 그저 묵묵히 듣고만 있는 언니, 경인 그리고 여동생인 영인과는 달리 혜인은 곧잘 아버지의 말에 토를 달며 이의를 제기하곤 하여 아버지의 기분을 상하게 하기 일쑤였다. 무조건 어른들 말에 순종만 하는 것도 실은 문제라고, 왜 자신의 뜻은 없냐고, 그건 사실 자기 기만이며 위선으로 이어질 수도 있는 일이라고 항변하곤 했다. 그럴 때면 아버지는 대노하여 혜인을 향해 언성을 높이곤 했다.

니는 우째 세상만사를 그래 삐딱하게만 보나, 책을 읽고 제대로 소화하질 못하곤 모든 게 겉넘어서 탈이다, 니는······.

유쿄의 존재로인해 혜인은 점차 더 아버지의 눈밖에서 벗어나는 딸로 성장해갔다. 여고생이던 어느 여름밤, 새로 산 감색 세일러 칼라의 티셔츠를 입고 마당 한켠 등나무 덩굴 밑 살평상에 앉아 책을 읽고 있는데 예의 귀에 익숙한 승용차 소리와 함께 아버지가 대문을 밀고 들어왔다. 혜인을 바라보는 아버지의 눈빛에 이름 모를 반가움이 가득했다.

아, 유쿄!!…… 니 유쿄 맞제.

아버지의 눈빛이 그렇게 부드럽고 다정하게 느껴진 건 처음이었다. 유쿄라뇨…… 아빠아, 많이 취하셨나봐요.

어이가 없는 나머지 혜인은 자신도 모르게 아버지의 얼굴을 쏘아보며 소리쳤다.

취하긴…… 아무리 취했다 캐도 내가 천하에 못된 우리 둘째 딸을 몬 알아보겠나.

아버지는 전에 없이 혜인의 볼을 살짝 꼬집으며 그대로 몸을 돌려 안채를 향해 걸음을 옮겨갔다. 정원 가로등 아래, 휘청이는 아버지의 모습이 그렇게 쓸쓸해보이긴 처음이었다. 유쿄…… 그녀는 아버지의 가슴에 평생을 화인처럼 영구히 남아있는 존재임을 확인한 밤이었다.

혜인 아버지의 고향인 경북 의성군 T읍. 유년기로부터 여고시절을 거쳐 대학에 이르기까지 아버지의 고향인 그곳은 혜인에겐 지상의 가장 편안한 안식처이며 도피처였다. 매번 방학만 되면 어김없이 가방을 싸들곤 그곳으로 달려 내려감이 상례였다. 조부모님의 넘치는 사랑과, 외로운 숙모님의 살뜰한 보살핌, 순진무구한 마을 동무들……. 혜인에게 T읍은 지상낙원과도 같은 제2의 고향이라 할 만 했다.

농한기 겨울철이면 사랑채의 놋쇠 화로엔 숯불이 이글거리고 긴 장죽을 입에 문 혜인의 조부는 이따끔 탕탕 소리 내어 화로에 재를 털며 끝없이 긴 긴 옛이야기를 들려주곤 하였다. 그중 가장 뇌리에 또렷이 남아 혜인의 맘을 뒤흔든 이야기는 바로 그녀 아버지, 성일의 어린 시절의 일화였다.

느거 애비가 어렸을 때 말을 똑소리 나게 잘하고 생각이 원캉 남달라 삼동네에 소문이 자자했지러.

조부의 회상은 주로 그런 서두로 시작이 되곤 했다.

집안 사정이 어려워 어디 서당에라도 보내며 특별한 교육을 시킨 일도 없었고, 집에 책이 많아 다독을 하며 성장한 것도 아니련만 동구밖 정자 나무 아래 동네 어른들로부터 전해 들은 여러 화제를 종합하여 옳고 그름을 판단하고 기억하고 실천하는, 그러한 능력이 탁월한 아이였다.

어쩌다 조부의 손을 잡고 장터에라도 따라가는 날이면 우시장을 기웃거리며 조부가 흥정을 하는 동안, 5살짜리 그의 아들은 작은 나무 토막을 발판 삼아 장터 가운데 서서 곧잘 시국에 관한 일장 연설을 하곤 하여 주위 사람들을 감동시키곤 했다. 조국 해방을 위해 우리 민족이 분연히 깨어 일어나야만 한다는 취지의 발언이었다. 어느 여름 삿갓을 쓴 스님이 장터를 지나다간 그 광경을 유심히 지켜보곤 아이의 부모를 찾았다. 조부가 스님에게로 달려가자 스님은 자신의 거처를 알려주며, 아이를 데리고 조만간 자신이 주지로 있는 절에 꼭 한번 찾아올 것을 당부했다. 그곳이 바로 인근의 사찰, 고운사였다. 스님이 보기에 아이가 실로 예사롭질 않다고 판단한 결과였다. 그 해 가을 마침내 조부는 어린 아들, 성일의 손을 잡고, 새 짚신에 할머니가 싸 준 보리주먹밥을 넣은 괴나리 봇짐을 메곤 산 넘고 물 건너 걷고 또 걸어 고운사를 찾아갔다.

도보로 근 여덟 시간 남짓 걸리는 80리 산길. 새벽에 집을 떠나 종일을 힘겹게 걸어야만 오후 늦어서야 겨우 가닿는 멀고도 험한 길이었다. 꼬불꼬불 겨우 산길을 넘어가면 눈앞엔 다시 넓은 개울이 나타나고. 그럴 때면 조부는 어린 아들을 등에 업고 봇짐은 머리에 인 채 허리까지 차오르는 물길을 헤치며 개울을 건너갔다. 늦은 오후가 되어서야 겨우 고운사에 도착한 조부는 스님들께 인사드린 후 5살 어린 아들을 그들에게 의탁하곤 떨어지지 않는 발길을 가까스로 돌려 다시 T읍으로 돌아왔다. 헤어지는 순간 또렷한 눈망울에 차오르던 아이의 젖은 눈빛이 눈에 밟혀 몇 번이나 다시 발길을 돌려 고운사로 향하려는 마음을 간신히 다잡으며 집으로 돌아오던 밤길. 그 생이별의 슬픔과 애달픔은 평생 잊을 수 없는 상흔으로 조부의 가슴에 남아 돌았다. 긴 겨울 밤 어린 손녀를 앞에 놓고, 화롯가에서 몇 번씩 되풀이 하여 들려주는 조부의 회고담은, 그래서 더욱 애절하고 짙은 울림으로 남아 있었다.

고운사의 고명한 스님들로부터 배움을 닦은 혜인 아버지, 김성일. 그는 일취월장, 학문을 득하고 익혀 월반을 거듭, 단기에 국내 초등과정과 일본 중학교 입시 준비를 완료, 겨우 13세 어린 나이에 혈혈단신 일본 유학길에 올랐다. 아직 어머니 치마폭에 싸여 어리광이나 부릴 나이에 홀로 일본으로 건너 간 성일의 고난과 외로움은 말할 수 없이 컸으나 조국의 앞날을 위해, 그리고 고생하는 부모님을 위해 모든 걸 참아내었다. 고운사 스님들의 추천으로 교토의 양양 중고교에 입학한 그는 그곳에서도 역시 줄곧 우등생이 되어 졸업 때까지 내내 장학금을 놓치지 않았고, 학비 외의 생활비는 신문 배달 등으로 본인이 직접 벌어 충당해야만 하는 고된 생활을 이어갔다. 말 그대로 당대 희귀한 조기 유학이었기에 그 고생과 외로움은 상상을 불허할 정도였다.

교토의 양양중고교 과정을 무사히 마친 성일은 도쿄에 있는 명문 중앙대 법대를 우수한 성적으로 합격하였다. 그러나 영광의 기쁨도 잠시, 대학의 비싼 학비, 심화된 학문으로 고학의 외롭고 험난한 시기는 그때부터가 본격 시작이었다. 비가 오나 눈이 오나, 이른 새벽 잠이 깨면 등교 전 하숙집 인근 주택가에 조간 신문을 돌리는 일로 하루가 열리었다. 어느 겨울엔 급히 신문을 배달하던 중 그만 맨홀에 빠져 그 후유증으로 며칠을 앓아 누운 적도 있었다. 다행히 하숙집 딸, 맘씨 고운 유쿄의 지극한 간호로 그는 다시 소생할 수 있었다. 유쿄와 그녀의 가족들은 수시로 유담뽀에 따뜻한 물을 채워 성일의 방에 넣어 주었고, 어디선가 처방 받은 약, 그리고 맛있는 음식 등 성일의 회복을 위해 온갖 정성을 기울였고, 그 결과 그는 점차 완쾌되어 이윽고 거뜬한 몸으로 다시금 등교를 할 수가 있었다.

근 열흘만의 등교. 정든 교정에선 맑은 아침 공기를 가르며 슈만의 꿈, 트로이메라이가 울려퍼지고 있었다. 순간 성일의 눈에선 후르륵 뜨거운 눈물이 흘러내렸다. 회복의 기쁨과 그러기까지 온갖 정성을 모아 준 유쿄와 그녀 가족에 대한 감사와 감동의 눈물이었다.

전쟁의 그림자가 어른대는 도쿄에도 어김없이 봄은 왔다. 일본 천지에 벚꽃이 만개하는 4월. 어느날 휴강으로인해 이른 귀가를 하니 하숙집 마당에서 빨래를 널고 있던 유쿄가 수줍은 미소로 성일을 맞았다.

스즈키상, 오늘 어머니 대신 장 보러 가는데 저 좀 도와줄 수 있나요. 어머니가 볼일 있어 친척집엘 가셨거든요.

예의 볼우물 선명한 귀여운 낯빛으로 유쿄가 조심스레 시장에의 동행을 청해왔다. 다음 날 중요한 시험이 있어 실은 일각이 여삼추였으나 그런 요청을 거절함은 남자도 아니란 생각에, 아니 무엇보다 지난 번 간병에 대한 최소한의 보답을 위해서라도 기꺼이 동행함이 마땅한 일이었다. 사실 둘만의 오붓한 외출은 처음이기에 함께 벚꽃길을 걸어가는 스즈키의 기분은 마냥 좋기만 했다. 태어나서 처음으로 느끼는 행복감이었다. 유쿄 또한 시장으로 가는 길을 돌고 돌아 우회하며 기쁨에 들뜬 음성으로 외쳤다.

스즈키상, 꽃잎이 바람을 타고 막 날아다녀요. 너무너무 예쁘지 않나요.

화르륵 날리는 여린 벚꽃잎을 손바닥으로 받으려 사뿐사뿐 몸을 돌리며 탄성을 내지르는 유쿄의 모습에서 한시도 눈을 떼지 못한 채 스즈키는 생각했다.

바람에 날리는 꽃잎보다 유쿄 네 모습이 훨씬 더 예쁜걸.

아무리 오랜 세월이 흘러도 스즈키에게 그날 그 순간만은 못내 잊을 수 없는 장면으로 각인되었다.

스즈키는 시장을 한바퀴 돌며 함께 장을 본 무거운 장바구니를 들어주었다. 누가 보면 꼭 다정한 오누이 같은 모습이었으나 스즈키의 마음은 점차 무거워만 갔다. 아무리 어여쁘고 사랑스럽다 해도 그녀는 침략국의 딸. 더 이상 허물없이 가까워만 질 수만은 없는 사이임을 뼈저리게 자각하는 그의 마음엔 짙은 슬픔의 그림자가 어른거렸다.

　스즈키상, 우리 다시 벚꽃길로 돌아 집에 가기로 해요.

　유쿄가 특유의 방울처럼 해맑은 음성으로 다시 벚꽃길로 가길 원했으나 스즈키는 더 이상 그럴 마음의 여유가 없었다.

　유쿄 짱, 이젠 지름길로 가야 해요, 너무 늦으면 부모님 걱정하십니다.

　스즈키는 장바구니를 들곤 성큼성큼 앞서 걸었다.

　아, 벚꽃도, 이 환희도…… 이제 모든 게 다 흔적도 없이 사라지고 말테지…….

　유쿄가 한숨을 쉬듯 내뱉은 그날의 탄식은 마치 앞날을 예견하듯 모든 게 무섭도록 정확히 맞아 떨어졌다.

　다음 날 전공 시험 준비를 위해 급히 귀가한 성일에겐 청천벽력과도 같은 소식이 기다리고 있었다. 군입대를 명하는 징집 영장이었다. 눈앞이 캄캄했다. 어리디어린 시절 부모의 품을 떠나온 이래 온갖 외로움, 고난을 견디며 조국과 가문을 위해 오직 학업의 성취만을 목표로 가시밭 같은 고행길을 걸어왔거늘, 이제와 침략국 일본을 위해 전쟁터에 끌려가야만 하다니! 성일은 도저히 그렇게는 할 수 없다는 판단하에 중앙대학 총장에게 긴 사연의 편지를 보내었다. 본인의 가정형편과 현재의 상황, 자신의 생각 등을 진정성 있게 호소한 내용이었다. 그러나 그 결과는 참담했다. 그의 편지를 받은 총장은 성일을 불러 간곡히 타일렀다.

이제 너의 조국은 한국이 아닌 일본이다. 조국이 위기에 처한 상황에선 마땅히 학업을 중단하고 참전함이 국가에 대한 의무이며 권리임을 강변했다. 그러나 성일은 결코 총장의 말을 따를 수가 없었다. 계속 군 징집을 기피한 결과 그는 결국 도쿄의 어느 형무소에 갇히는 영어의 몸이 되고 말았다. 아들의 소식을 접한 혜인의 조부모는 발을 구르며 분노했고, 극도의 슬픔에 식음을 전폐하곤 몸져 누웠다. 겨우 5살 애처로운 어린 나이에 집을 떠나 고운사로 데려가던 그날의 일이 바로 어제인양 가슴을 때려왔다. 매일 새벽 정한수를 떠놓고 부처님과 조상님께 눈물로 기도함이 하루의 일과였다. 그러던 어느날 마침내 기적이 일어났다. 지성이면 감천이었을까.

일본은 마침내 태평양전쟁의 패배를 인정하며 종전을 선언했다. 전쟁이 끝난 것이다. 1945년 8월 15일. 마침내 대한민국은 일제의 긴 압제에서 해방되어 광복을 맞았다. 학교는 일단 휴교 상태로 접어들었고 모두 서둘러 귀국했다. 모든 것이 불투명한 가운데 성일도 감옥에서 풀려나 귀국하지 않을 수 없었다. 근 3년간 친부모처럼 보살펴 준 고마운 분들, 유쿄의 부모님께 작별 인사를 드리며 내심 그는 굳게 다짐했다.

학업을 마치러 곧 돌아오겠습니다.

눈물이 글썽한 유쿄의 맑은 눈망울이 내내 가슴을 휘저어왔으나 재회를 의심치 않았기에 단지 서로 강한 믿음의 눈빛으로만 무언의 약속을 주고 받으며 성일은 그렇게 일본을 떠나왔다. 현해탄의 검은 물빛을 바라보는 성일의 뇌리에 순간 어쩜 다시는 일본 땅을 밟을 수 없을지도 모른다는 기이한 예감이 스쳐갔다. 그건 정말 알 수가 없는 일이었다.

고향에 돌아온 성일을 기다리고 있는 건 전후의 가난과 병마, 그리고 피폐가 전부일 뿐인 처참한 상황이었다. 부친은 온갖 노동과 음주, 그리고 농사일에 치여 지병의 기미가 완연했고 모친 또한 깜짝 놀랄 만큼 노쇠의 징후가 역력하여 보기에도 참담함을 피할 길이 없었다. 한창 성장할 시기에 영양 결핍으로 피골이 상접한 동생들의 모습에서 그는 가슴 미어지는 슬픔을 느꼈다. 우선 당장 가족의 생계가 시급한 현실이라 그는 앞뒤 잴 거 없이 취업 전선에 뛰어듦이 가장 급선무임을 깨달았다. 무조건 상경, 그는 열심히 일자리를 찾아 뛰었다. 동경 유학시절 익힌 영어와 일어의 능통으로 미대사관에 취업하는 행운을 잡았다. 겨우 5살, 어린 나이에 집을 떠나 근 20여 년만에 귀향한 성일은 그때부터 집안의 기둥이 되어 온 가족을 부양해야만 하는 가장이 되었다. 대사관 일 외에도 동분서주 뛰어다니며 돈벌이가 될만한 일은 무엇이든 마다 하질 않았다. 기울었던 가세는 점차 안정을 찾았고 그는 어언 고향에서 전도가 양양한 젊은 지성인으로 우러름을 받게 되었다. T읍의 역장이었던 혜인의 외조부가 사각모에 망토 차림을 한 동경 유학생, 그의 면면을 눈여겨 본 바, 자신의 사위를 삼고자 맘을 먹었다. 서울을 자주 오르내리는 그에게 접근, 서로 인사를 트며 가까워졌고 어느날 마침내 그를 자신의 집으로 초대했다.

읍내 한가운데 자리한 역장 사택은 일본식 목조 가옥에 마당이 꽤 넓었다. 야트막한 돌담 너머로 힘차게 뛰어노는 아이들의 함성이 들려왔고, 대문을 들어서자 열 살 남짓한 대여섯 명의 고만고만한 사내 아이들과 발랄한 통치마 차림의 처자 한 명이 함께 어울려 신나게 뛰어노는 광경이 눈에 들어왔다.

수희야, 이제 그만 하고 인사 드려라. 손님 오셨다.

역장이 음성을 높이자 땀을 뻘뻘 흘리며 뛰어놀던 처자가 멈칫 동작을 멈추며 부신 눈길로 성일을 바라보았다. 수희. 이름만큼이나 청초하고 어여쁜 아가씨였다. 그러나 남동생들이랑 어울려 뛰노는 품새가 외모완 달리 보통 말괄량이는 아님을 한눈에 알 수 있었다. 성일이 꾸벅 인사하자, 수줍은 듯 고개를 숙이는 양이 더없이 꾸밈없고 소탈하여 마음이 갔다. 불현듯 도쿄의 유쿄가 떠올랐다. 하얀 이마 위의 반듯한 가르마, 윤기 나는 갈래 머리, 생동감 어린 몸짓……. 수희의 모습 어딘가에 유쿄와 너무도 유사한 데가 있어 성일은 놀랐다. 수희가 찻상에 받쳐온, 잣 띄운 맑은 수정과를 음미하는 성일의 가슴에 알 수 없는 떨림이 일었다. 연분이 따로 있는 것일까. 그렇게 두 사람은 첫눈에 서로

가 인연임을 알아 보았다.

역장집 철부지 막내딸, 수희, 그녀는 그런 연유를 거쳐 성일과 부부의 연을 맺었다. 그러나 전후 빈농의 맏며느리로서 전혀 준비가 안된 그녀는 실로 맘고생이 자심, 당면한 현실의 적응에 너무도 힘겨워 했다. 잦은 두통으로 늘 머리에 무명 수건을 질끈 묶곤 몸져 누워 있기 일쑤였고, 성일이 행하는 부모에 대한 효와 가장으로서의 모든 행위에 선뜻 동의할 수가 없어 속을 끓였다. 절에서 혼자 조용히 중질이나 할 것이제 뭘라꼬 결혼해갖고는 남의 집 귀한 딸 쌩고생 시키는가 말이데이.

아이를 다섯이나 낳아 기르면서도 혜인의 어머닌 늘 그런 식의 혼잣말을 하며 푸념을 하곤 했다. 성장하며 혜인은 어머니의 그 말이 가장 듣기 싫고 화가 나 참을 수가 없었다. 적어도 그건 아버지에 대한 심한 명예 훼손으로만 느껴져 어느 날 하굣길 혜인은 작심하곤 아버지의 회사를 찾아갔다. 평소 아버지의 처신이 대저 어떠했으면 아내에게 그런 말을 듣고 사느냐, 자식들 듣기 심히 민망하고 무참하다, 뭐 그런 식의 항변을 하러 갔을 것이다. 혜인의 고자질을 다 듣고 난 아버진 심히 무연한 낯빛으로 딸의 시선을 비끼며 말했다.

알겠다. 그만 집에 가 있그라. 내가 느거 엄마에게 잘 얘기 할 테니…….

나이 들어 생각하니 참으로 맹랑하기 짝이 없는 행위였으나,

사춘기 혜인에겐 아버지를 향한 어머니의 비난이 그렇듯 견디기 힘든 곤혹이었음이 분명했다.

6·25 전쟁 후 미대사관을 그만 둔 혜인의 아버지는 건설회사를 차려 독립했다. 모든 것이 파괴되고 폐허로 화한 수도 서울엔 무엇보다 우선 건물을 짓고 시설을 복구하는 것이 최우선이던 시절이었다. 그는 고향 T읍에 덩그런 기와집을 지어 부모님을 모셨고, 매달 생활비를 보탰으며 동생들을 모두 서울에 불러 올려 정규 교육을 시키는 실로 고된 삶을 살아갔다. 그 시절 집안의 맏이가 짊어지던 통상의 의무였다. 그런대로 회사는 일이 늘어 점차 주식회사의 면모를 갖춰 갔고 그럴수록 그는 일에 빠져 도무지 영일이라곤 없는 나날이었다. 일본에 다시 돌아가 남은 학기를 마치고 학위를 따려 했던 계획은 완전히 무산되고 말았다. 언젠가 일본 출장시 애써 시간을 내어 찾아간 J대 교무 과장은 한때 재학했던 한국 학생에게 너무도 냉담하기만 했다. 제적증명서조차 찾아볼 길 없다며 모든 자료의 검색을 원천봉쇄. 좀체 복학할 기회를 주지 않았다.

더없이 처연한 심경으로 그는 기억을 더듬어 유교가 살던 옛 하숙집을 찾았다. 하지만 그간 동네 주변이 급변, 전혀 제 위치를 분간하기 힘들었고 복개된 개천을 중심으로 어림짐작 찾은 곳엔 높은 빌딩들만 빽빽할 뿐, 아담한 고취 어린 옛 하숙집은 흔적도 없이 사라지고 없었다. 너무도 쓸쓸하고 허탈하여 그는 텅 빈 가슴을 안고 허허로이 귀국했다. 그리고 다시는 일본을 찾지 못했다.

건설 회사의 운영이 힘들었던 탓일까. 그의 나이 불과 49세가 되던 해 결핵성 뇌막염으로 돌연 세상을 떴으니 더 이상은 그에게 일본을 방문할 기회란 있을 리 없었다. 전혀 예상치 못한 죽음이라 가족들의 충격은 엄청났다. 집안의 기둥이며 정신적 지주였던 남편을 잃은 43세 새파란 청상의 어머니는 식음을 전폐하고 몸져 누웠다. 혜인이 대학 3학년이던 그해 여름이었다. 젊은 날 이국땅에서 혈혈단신 고학으로 고생했으나 종전으로 돌연 학업을 중단해야만 했던 아버지의 짧은 생이 너무도 눈물겹고 애달파 혜인은 망연자실 넋을 잃었다.

저녁 예불을 알리는 고운사의 범종 소리가 들려왔다. 더없이 은은하고도 가슴을 파고 드는 알연한 소리에 혜인은 긴 회상에서 깨어났다. 우화루 창가 나뭇가지에 곤줄박이 한 마리가 날아와 앉았다. 흔히 볼 수 없는 매우 희귀한 새. 주황빛 가슴에 잿빛 날개가 선명한, 사람을 잘 따르는 예쁜 새. 가슴을 찌르듯 맑고 명징한 울음이 묘한 위안과 여운을 안겨주었다. 그 옛날 어린 동자승, 아버지도 곤줄박이의 고운 울음 소리에 힘겹고 외로운 수행의 길을 거뜬히 이겨낸 것은 아닐지…….

불현듯 지난 봄 J대 명예졸업장 증정식을 끝내고 일행과 함께 이곳 고운사를 다녀갔을 유쿄의 모습이 떠올랐다. 그녀를 만난 지 근 3개월이 지나고 있었으나 그간 단 한번도 연락한 적이 없다는 사실이 한편은 좀 너무 소원했다는 생각이 들기도 했다. 혜인은 급히 핸드폰을 꺼내 유쿄의 전화번호를 검색한 후 차분히 문자판을 두들겼다.

안녕하십니까. 지난 번 한국에 오셨을 때 뵌
스즈키님의 딸, 혜인입니다.
오늘 남매들과 고운사에 오니 유쿄님이 생각나
급히 몇 자 안부 올립니다. 사진도 첨부하오니
일견하시길요. 늘 안강하시고 복된 나날이시길 빕니다.

유쿄에게 문자를 보내고 나니 혜인은 만감이 교차, 괜스레 가슴이 뛰었다. 마치 자신이 아버지의 심경이 된 듯 야릇한 일체감에 휘말림은 알 수가 없는 일이었다. 고운사 경내를 빠져나와 마악 차에 오르려 할 때였다. 경쾌한 멜로디와 함께 유쿄의 답신이 도착했다.

잘 지내시죠. 지난 번엔 가족들 모두 만나
너무도 반가웠어요. 고운사가 어찌나
유서 깊고 아름다운지

거길 떠올리면 지금도 가슴이 뜁니다.
한국엘 다녀 와 무척 기쁩니다.
내년 봄, 벚꽃이 필 때쯤 일본에 한번 오시어요.
스즈키상과 걸었던 벚꽃길 함께 걷고 싶어요.
꼭 초대하겠습니다. 온 가족 늘 평안하십시오.

다정함 가득한 유쿄의 문자는 근원 모를 우울감을 털어내는 마법이었을까. 산다는 일의 허망함, 아버지를 향한 막연한 연민과 그리움, 세월의 흐름에 대한 끝 모를 허무와 슬픔 등이 일거에 사라지고 다시금 그윽한 기분이 몰려왔다.
혜인은 그러한 기분이 좀 더 오래오래 지속되길 바라며 아쉬움 가득한 마음으로 고운사를 떠나왔다.

베네세 하우스(Benesse House)

기차를 타고 다카마츠역에 도착했다. 항만이 가까운 곳이라 거리 풍경도 관광할 겸 일행은 모두 걸어서 부두에 닿았다. 나오시마로 가는 배편을 기다리며 일행에 30여분의 자유시간을 준 후 하현은 그곳에서 좀 떨어져 나와 홀로 부둣가를 거닐었다. 겨울의 하루해는 짧았다. 이제 고속 페리를 타고 50여분 달려가면 나오시마에 닿는다. 그땐 아마도 얇은 이내가 깔리는 저녁일 것이다. 마음을 비우고 또 비워 하현은 자신이 마치 투명 인간이 되고만 듯 아무런 감각이 느껴지질 않는 거의 무의식의 상태에 도달해 있음을 느꼈다.

그는 어쩜 나오시마에 올 수도, 아님 못 올 수도 있다는 결론만은 확실하다. 확률 50대 50! 그 어느 쪽이든 그녀로선 어쩔 수가 없는 것이다. 홀로 나오시마에 머물다 가면 그만인 것. 그녀는 심호흡을 하며 부둣가의 풍경에 시선을 돌린다. 지난 봄, 공항에서 그를 처음 만났던 날의 정경이 해무 가득한 바다를 배경으로 뿌옇게 떠올랐다.

4월 초의 이른 새벽, 희부윰한 안개를 뚫고 공항 리무진 짐칸에 캐리어를 싣는 하현의 눈가엔 물기가 홍건했다.

'그대의 잦은 부재, 그 틈새를 비집고 들어 온 새로운 만남. 거기에서 미처 헤어나질 못한 나의 부박한 의지와 나약함이 내 자신도 차마 믿기 힘드오.'

간밤 그들의 신혼 아지트를 떠나며 진성이 마지막으로 보낸 톡을 읽고 또 읽으며 하현은 한참을 흐느껴 울었다. 홀로 와인을 홀짝이다간 깜빡 쪽잠이 들어 깨어난 후 집을 나올 때까지 줄곧 또 한 동이쯤의 눈물을 쏟아 내었다. 하현을 바라볼 때면 늘 감미한 꿀물이 솟아나던 그의 꿀샘 눈빛. 그러나 언제부턴가 그의 눈에서 뜨거운 하트 대신 무언가 야릇한 경계의 냉기 같은 것이 자리해감을 하현은 놓치지 않았다. 한 달이면 보름 이상 거의 매일 집을 떠나 있어야만 하는 여행 가이드란 직업은 사실 아내의 역할에 충실하기엔 태부족. 그러기에 하현은 늘 마음 한 구석 근원 모를 불안감을 안고 살아왔다.

진성의 심상에 뭔가 균열이 생겼음을 진작에 감지했기에 만약의 사태에 대비, 그간 수없이 마음을 다지며 단단히 각오는 해 온 일이긴 했으나 막상 그가 집을 떠나고 나니, 평소 제법 쿨하다고 자부해 온 성정은 간곳없이 도저한 강물이 밀려오듯 슬픔에 빠져 허우적댐은 피할 길이 없었다.

그래도 일정상 어디론가 다시 떠나야만 하는 게 소위 여행사 가이드의 운명. 한 곳에 조신히 정착하지 못한 채 어디론가 끊임없이 떠나야만 하는, 길 위의 여자. 하늘길을 날든 땅 위를 걷든, 늘 어디론가를 향해 부단히 몸을 움직여야만 하는 그런 운명을 천생으로 타고난 것임이 분명했다. 그녀 어머니 말대로 자신의 사주팔자가 어느 한 곳에 오래 머물지 못하는 질긴 역마살이 있음을 인정해야만 하는 것일까.

새벽 5시 30분. 리무진을 타고 인천 공항에 도착한 하현은 3층 출국장 동편 창가에 자리한 여행사 부스에서 당일 자신이 인솔할 일행의 명단 및 일정표를 정리하기 시작했다. 쿤밍행 아침 9시 10분 중국 국적기. 일행은 총 15명. 이번엔 또 어떤 구성원들의 집합인 것일까. 대부분이 50대 중반에서 60대 초반의 연령대였고, 친구들로 추측되는 50대 중반의 여자 7명, 60대 동갑의 남자 3명, 60대 2쌍의 부부 그리고 가장 젊은 40대 후반의 남자 1명, 이상 총 15인이 한 팀이었다. 하현은 자신의 심상이 심히 침체되고 심란한 상황에서 그나마 일행이 비교적 단출하여 다행이란 생각을 했다.

매번 생면부지의 낯선 이들을 이끌고 떠나는 일정이지만, 갈 때마다 장소, 그리고 일행이 어떤 부류, 어떤 성향인가에 따라 그 느낌이 완연히 달라지는 게 바로 여행이었다. 10여년 가이드 생활에서 그녀가 내린 결론은, 여행에서 가장 중요한 요소는 함께 하는 멤버, 곧 일행이라는 것. 똑같은 계절, 똑같은 상황에 똑같은 장소엘 가도 누구와 함께 가느냐에 따라 하늘과 땅 차이로 그 느낌이 완연히 다름을 여러 번 경험한 탓이었다.

오늘 아침 만나게 되는 쿤밍행 맴버들은 또 어떤 구성원들인 것일까. 짙은 슬픔 속에서도 마음 한켠 뭔가를 향한 기대감에 가벼운 설렘이 이는 걸 느끼며 하현은 실소했다. 천상 가이드의 성향을 천직으로 타고 난 것인가. 하긴 종일 집에서 홀로 눈물 짜며 이불 뒤집어 쓰고 누워있다 한들 바뀌는 것은 전혀 없다. 차라리 뛰쳐 나와 낯선 이들과 훌쩍 여행길에 올라 자신의 역할을 다함이 훨씬 더 기분 전환, 환기에 도움이 되리란 건 명약관화한 사실이다. 그녀는 새삼 자신의 직업에 일말의 안도와 자긍을 느끼며 입가에 짐짓 환한 미소를 지어보았다. 여행사 부스에서 일행을 기다리는 하현의 모습은 누가 봐도 상큼하고 아리따운 자태였다. 다만 비에 젖은 수국처럼 무언가 슬픔이 배어있는 느낌만 없다면.

안녕하십니까. 이른 시간에 고생 많으십니다.

적당한 높이의 포근한 테너 음성이 하현을 향해 날아왔다. 부스에서 일행의 인적 사항을 들쳐보던 하현이 고개를 들자, 이제 껏 단 한 번도 만난 적 없으나 마치 예전부터 알고 있었던 듯한 느낌의 남자가 그녀의 앞에서 인사를 건네며 웃고 있었다. 한 눈에 쏘옥 들어오는 첫인상. 어딘가 먹물 냄새가 배어나고 티 안나게 은근 세련된 모습의 남자였다. 디지털 카메라를 목에 건, 청바지에 화이트톤의 자켓차림이 40대 후반쯤의 나이치곤 무척 싱그럽고 젊어 보이는 타입이었다. 혼자 온 걸로 보아 일행 중 유일하게 싱글로 온 48세의 그 남자임이 틀림없었다.

　네에. 반갑습니다. 혼자 오신 분 맞죠. 하준우씨 맞는지요. 하현이 그를 향해 밝게 미소 지으며 말했다. 네에, 맞습니다. 반가워요. 두 사람의 눈길이 마주쳤다. 생전 처음 보는 얼굴이나 뭔가 타고난 정서, 코드가 일치하는 듯한 느낌. 가이드 생활 십여년간 그런 느낌은 처음이었다. 더구나 많지도 않은 겨우 15명의 일행 중 그런 사람을 만나다니. 여행 성수기 땐 최대 40여명이 넘는 대형 팀을 인솔할 때도 단 한 명 맘에 드는 사람 만나기가 쉽지 않음을! 진성과 한창 사랑에 빠져 자신에게 에너지가 넘쳐흐르던 시절엔 근 40여명이 넘는 대형 팀도 너끈히 잘 인솔하여 다녀오곤 했으나 이젠 아니었다.

　커피 한 잔 드시지요. 그가 어느새 종이 홀더에 담긴 한 잔의 커피와 막 구워 낸 따끈한 와플 한 조각을 내밀며 말했다. 너무 이른 시간이라 아침도 미처 못드셨을텐데요. 실은 저 혼자 먹으러 갔다가 그냥 포장해왔어요. 아직 일행도 안 왔으니 함께 먹어요. 어찌보면 상당히 과잉 친절이라 할 만한 행위인데 그의 태도나 말씨가 워낙 스스럼 없고 다감하여 하현은 자신도 모르게 종이 접시에 담긴 와플을 받아들며 미소지었다. 감사합니다. 잘 먹을게요.

커피와 와플의 맛은 환상이었다. 실은 어제 저녁부터 와인과 치즈 등 몇 가지 안주 외엔 뭘 제대로 먹은 게 없어 하현은 거의 속이 쓰릴 정도의 공복이었기에 더욱 더 감동일 뿐이었다. 어쩜 그리도 깊은 배려가 우러나오는 것일까. 커피를 마시며 하현이 눈으로 그를 찾았다. 부스와 좀 떨어진 곳 긴 의자에 앉아 느긋한 자세로 커피와 와플을 먹는 모습이 여행에 완전히 이력이 난 듯한 여유와 즐김이 느껴져 하현은 가슴이 훈훈해 왔다. 만군을 얻은 듯한 든든함. 예상컨대 이번 여행에서 그는 아마 음으로 양으로 자신에게 많은 도움이 되리라. 직업적 직감이랄까. 하현은 내심 혼자 그런 결론을 내리며 안도했다.

일행이 하나둘 부스로 모여들고 여권을 걷는 등 업무가 바빠졌다. 아니나 다를까 준우가 나서 재빨리 일행의 여권을 걷어 하현에게 넘기는 기민함을 보였다. 가장 어수선하고 왁자한 팀은 충남 서산에서 왔다는 일곱 명의 여고 동창, 나머진 다들 말 없고 점잖은 편이라 다행이었다.

탑승이 시작되었다. 매번 겪는 일이나 묘하게도 하현은 이 순간의 긴장감을 떨쳐내기가 힘들다. 어떤 좌석에 배정되어 어떤 사람들 사이에서 끼어가야만 하는지. 물론 여행사측에서 되도록이면 일행 15인의 좌석을 가까운 곳으로 몰아 배정하긴 하지만 그것도 상황에 따라 여의치 않을 때가 많아 적이 맘이 쓰였다. 입국신고서 작성이나 면세품 구입 등 연령층에 따라 중간중간 체크할 일 많음이 다반사이기에.

기내 출입 직전. 출입구 스탠드에 가지런히 놓인 조간 신문 중, D일보 한 장을 손에 들고 하현은 서서히 좌석 통로를 향해 진입했다. 일행을 챙긴 후 가장 늦게 들어 온 까닭에 어느 정도의 혼잡은 가라앉은 상태였다. 비행기 날개 부분인 중간에서 비교적 뒤쪽에 가까운 창가 좌석. 재빨리 번호를 찾아 확인하며 선반에 가방을 넣으려는 순간, 준우의 눈과 마주쳤다. 그가 읽고 있는 신문에 얼굴이 가려 미처 그를 인식하질 못했다. 눈가에 어리는 말 없는 미소, 반가운 교감. 그가 급히 신문을 접고 좌석에서 몸을 일으키더니 하현의 가방을 번쩍 들어 선반에 얹어주었다. 다시 또 나란한 옆자리로 만난 것이다. 인연일까, 우연일까.

기내 우측 라인 세 개의 좌석 중, 창가가 하현의 자리, 그녀의 바로 옆 가운데 좌석이 준우의 자리, 그리고 가장자리 통로 쪽엔 젊은 배낭족 남학생이 앉았다. 동반자 하준우. 그는 오늘 처음 만난 남자라기엔 전혀 낯섦이나 이질감이 없는 것 또한 참으로 이상하다고 여기며 하현은 빠르게 조간 신문을 훑어갔다. 어느 칼

럼에서 하현의 눈길이 딱, 멈추었다. 조간 신문 지면에 옆자리의 남자와 똑같은 이름의, 똑같은 얼굴이 보였다. 세계의 명소를 탐방하는 여행기, 여행지의 요긴한 팁과 정취가 가득 담긴 칼럼. 자칫 기사를 그냥 지나칠 법도 했으나 어디까지나 여행에 관한 글이었기에 하현의 눈길을 사로잡았다. 아하, D일보 문화부 기자, 하준우. 그가 바로 곁에 앉아 앉다니! 너무도 기막힌 우연의 연속에 하현은 가슴이 뛰었다. 슬쩍 곁눈질해서 보니 준우 역시 하현과 동일한 신문, 동일한 화보의 기사를 읽고 있었다. 푸른 바다를 배경으로 일본 시코쿠 지방 가가와현의 나오시마, 그 아늑한 해변 모래 사장 한 가운데에 우뚝 자리한 쿠사마 야요이의 빨간 호박, 그것으로 이미 한 눈에 그곳이 어디인지를 가늠케 하는 화보였다.

기막힌 일체감. 어인 조화인가. 너무도 비현실적인 일에 하현은 도무지 실감이 나질 않았다.

나오시마, 저도 여러 번 다녀왔는데 기사 내용이 워낙 명문이라 실제보다 훨씬 더 멋진 곳으로 그려졌네요. 이번엔 봄의 도시, 쿤밍 탐방인가요.

신문을 내려놓으며 하현이 비로소 준우 쪽을 돌아보며 미소 지었다. 아하, 들켜버렸군요. 묘하게도 동시에 같은 신문, 같은 기사를 보고 있었다뇨. 우연치곤 절묘합니다. 사실 좌석은 아까 짐 부칠 때 제가 홍하현씨 옆자리로 해달라고 부탁했어요. 성함은 목에 건 이름표 보고 알았죠. 아차피 혼자 온 사람끼리니 친해져서 나쁠 게 없다고 생각했죠. 하준우입니다. 즐거운 여행해요, 우리. 그가 불쑥 손을 내밀며 정식으로 인사를 청해왔다. 하현도 손을 내밀어 악수했다. 커피랑 와플 잘 먹었습니다. 여러모로 감사드려요.

이륙을 준비하는 엔진의 소음이 귀를 울려왔다. 이륙 후 3분, 착륙 전 8분, 마의 11분. 기내 등이 꺼지고 좌석을 바로 세워 원위치로, 이렇게 고도의 긴장을 유지해야만 하는 순간이면 하현은 으레 팔에 두른 묵주를 빼내 기도를 시작한다. 마침내 이륙하는 비행기. 텅 빈 허공을 향해 솟구쳐 오르는 엔진의 풀가동, 맹렬한 기세로 떠오르는 이륙의 소음은 늘 하현을 전율케 한다. 갈데없는 길위의 여자. 자아, 이제 다시 시작이다.

쿤밍을 향해 날아간다. 쿤밍의 옛이름은 춘성. 가히 봄의 도시라 할 만큼 연교차가 적어 일년 내내 꽃이 피는, 중국인들이 가장 살고 싶어하는 해발 189미터의 고원 도시. 남쪽으론 드넓은 덴츠 호수, 나머지 삼면은 산으로 에워싸여 냉기류를 막고 호수에서 얻는 적당한 습도로 일년 내내 봄처럼 온후한 기후를 자랑하는 곳. 비행 시간 또한 인천 공항에서 약 5시간 정도로 너무 길지도 짧지도 않게 딱 알맞은 시간. 그러나 이번 여행은 비행 시간이 좀 길어도 전혀 상관없을 듯한 기분이다. 함께 앉은 준우가 맘에 든다는 신호였다. 하현이 기도를 하다 말고 살짝 눈을 떠 옆자리의 그를 일별했다. 지긋이 눈을 감은 채 미동도 없는 모습이 이륙의 긴장감 때문일까. 실은 긴장감이 깃든 모습이라기보단 무언가 실짝 그늘이 드리운 듯한 느낌임은 하현의 과민 탓일까. 눈을 질끈 감고 입술을 꽉 다문 표정 어딘가에 비장감 같은 것이 어른거림을 하현은 놓치지 않았다. 사람은 누구나 다 자신만이 아는 슬픔 한 가지씩은 품고 있기 마련. 마침내 기내 등이 켜지고 드디어 이륙에 성공했음을 알리는 방송이 나오자 비로소 그가 꿈에서 깨어나듯 하현을 바라보며 밝게 웃어보였다. 짙은 그늘을 벗어나 마악 양지로 돌아 온 듯 급변한 모습에 하현은 까닭없이 맘이 아릿해왔다.

    기내식 전에 나오는 마카다미아 땅콩을 안주로 하현과 준우는 와인 잔을 부딪치며 건배했다. 행복한 여행을 예감하며! 준우가 먼저 말했고 하현이 미소로 답하며 잔을 부딪쳤다. 불과 몇 시간 전에 만난 사인데 마치 오래된 연인 같은 무드라 하현은 도무지 실감이 나질 않았다. 어제까지 슬픔에 잠겨 눈이 붓도록 울었던 일이 아득한 기억으로 희미하게 사라지곤 없었다.

    삶이란 정말 한 치 앞을 예견할 수 없다는 걸 절감했다. 준우는 종종 옆자리 대학생과도 간간이 이야길 나누며 매우 편안한 시간을 즐기고 있었다. 기자라는 직업 때문인지, 누구든 사람을 대함에 뭔가 장애가 있거나 힘이 드는 유형이 아님이 그의 특징이었다. 그렇다고 해서 짐짓 가벼워보이거나 접근이 쉬워 보이는 편은 전혀 아닌, 뭐랄까, 적당한 품격과 지성이 겸비된 스마트함. 그것이 그를 에워싼 아우라라 함이 맞을 것이다.

비행 시간 근 5시간이 너무 짧다고 느껴질 정도로 준우와의 동석은 단꿈을 꾸듯 유쾌하고 아늑했다. 15인의 일행도 나름 비교적 여행 체험 많고 말이 없는 사람들이라 인솔에 큰 어려움은 없었다. 쿤밍은 봄의 절정을 이룬 가운데 날씨도 더없이 화창했고 준우는 가는 곳마다 촬영과 기록에 여념이 없어 더욱 프로다운 자세가 돋보였다. 때론 하현의 설명이 막힐 때면 본인이 나서 티 안 나게 부언 설명을 하고 일행의 질문에도 친절히 답변을 해주어 인기를 끌기도 했다.

여행 첫날의 석림 관광에 이어 일정 둘째 날, 일행은 모두 리프트를 나눠 타고 바다처럼 넓은 덴츠호를 건너 서산의 용문석굴엘 올랐다. 천상을 오르듯 2280미터의 까마득한 절벽 위 석굴에 모두 감탄을 금치 못했고, 하현은 피곤을 잊고 음성을 높혀 석굴의 유래와 내부 구조, 그리고 그 안의 전시물을 소개했다. 그리고 한마디 부언을 잊지 않았다. 자아, 이곳 석굴 입구 대들보의 '용문'이란 글씨 보이시죠. 이 부분을 손으로 한번 만지며 소원을 빌면 그게 꼭 이루어진다는 설이 있어요. 모두 그냥 지나치시지 말고 꼬옥 소원을 빌어보시지요. 그 말을 하며 하현이 먼저 손을 뻗쳐 보였으나 아쉽게도 닿을 듯 말 듯 대들보에 미처 손이 닿질 않았다. 아차, 황망 중 급히 나오느라 굽 없는 단화를 신은 게 실수였다. 순간 더없이 가볍고 유연한 동작으로 누군가가 뒤에서 하현의 몸을 번쩍 들어 올렸다. 덕분에 그녀는 급히 용문 대들보에 손을 대며 소원을 빌 수가 있었다. 제 마음에 항상 평화와 지혜, 기쁨을 주소서!! 발이 땅에 닿는 순간, 하현은 비로소 고개를 돌려 자신을 들어 올린 남자의 얼굴을 바라보았다. 준우, 그였다. 고마워요. 덕분에 소원을 빌었네요. 하현이 낮게 웃으며 말했다. 뭘요. It's my pleasure. 그가 싱긋 미소 지으며 답했다. 일행 중 누구보다 하현의 설명을 가장 열심히 듣고 질문하고 메모를 하는 까닭에 그는 줄곧 하현의 최근접 거리에서 가장 눈이 자주 마주치는 존재였다.

  아마 또렷이 인식하진 않았으나 무의식 중 하현은 자신을 들어올리는 강력한 두 팔이 그의 것임을 이미 감지하고 있었으리. 평소 그녀의 행동으로 보아 누군가 낯선 이로부터의 도움은 결코 편안히 받아들일 수 없는 성향임은 그녀 자신이 더 잘 알고 있기 때문이었다. 전혀 거부감 없이 호의나 도움을 받아들일 수 있는 존재. 하현은 자신이 그에 대해 상당한 호의를 갖고 있음을 깨달았다. 참으로 알 수 없는 일이었다. 만약 진성과의 불화가 없었더라도 그에게 이토록 강하게 끌려 들었을 것인지. 그건 진정 그 누구도 장담할 수 없는 일. 남자와 여자가 서로에게 이끌리는 현상이란 아무도 예측할 수 없는, 한 치 앞을 모르는 불가해한 일. 하현은 다시금 자신의 심장을 뜨겁게 달구는 모닥불의 정체를 헤아리며 극도로 자제하려 애를 썼다. 곤명의 봄은 그녀의 가슴에 다시금 활활 사랑의 불꽃을 피우는 마법의 시간이었다.

여행이 끝나고 서울로 돌아 온 후에도 준우는 하현에게 자주 연락을 해왔다. 서로 몇 차례의 통화와 문자가 오간 후 준우는 하현에게 저녁 초대를 했고 마침내 그들은 여행 후 처음으로 다시 만났다. 와인을 한 잔씩 하며 그들은 허심히 서로의 애환을 나누며 각자가 처한 힘겨운 상황도 솔직히 털어놓았다. 훌쩍 가까워진 느낌이었다. 준우의 결혼생활은 하현이 예상했던 것보다 훨씬 더 심각한 상황이었다. 음대 성악과를 나온 그의 부인은 워낙 화려한 삶을 지향하는 유형이었다. 자신의 음악회나 발표회 등 대외적 활동에만 주력했고 그로선 도를 넘는 아내의 사치벽을 도저히 감당할 수가 없었다. 그건 어쩜 단지 경제적인 면에 국한된 문제일 뿐만이 아니라 실은 부부간, 두 사람 사이 소통과 애정에 점점 더 균열이 깊어만 가는 데에 더 심각한 문제가 있는 것인지도 몰랐다.

언제 일본 나오시마 일정 맡게 되면 우리 꼭 함께 가요. 쿤밍 여행을 다녀온 후 재회의 첫날 준우는 하현에게 그런 말을 했다. 거기 해변에서 쿠사마 야요이의 땡땡이 호박과도 다시 조우하고 또 그곳 베네세 하우스에 묵으며 멋진 전망의 전창 레스트랑에서 식사해요. 커피도 마시고…….

말을 잇는 준우의 낯빛이 매우 상기되고 뭔가 알 수 없는 기쁨이 배어남은 놀라운 일이었다. 베네세(benesse)의 뜻이 라틴어 '좋다, 바르다'의 뜻인 'bene'와 살다, 삶을 꾸리다를 의미하는 'esse'의 합성어라니 그 의미도 맘에 들고요……. 나도 이제 내게 맞는, 진정 내가 원하는 제대로 된 삶을 살고 싶어요.

무언가 간절함이 담긴 준우의 눈빛이 강한 자력을 내뿜으며 하현을 정시했다. 이를 어쩔 것인가. 그들의 인연이 맺어지려면 엄연히 현존하는 한 가정을 파괴하고, 눈에 넣어도 아프지 않을 그의 어린 딸과 생이별을 자초해야만 한다. 비록 아이는 없었으나 자신에게 이별을 통보하고 떠난 진성으로인해 얼마나 큰 상처를 입었던가. 절대 해서는 안될 일이라고 하현은 세차게 머릴 혼들었다. 잘한 선택이건 잘못한 선택이건 자신이 일단 한번 선택한 길은 되도록이면 굳게 지켜나가야만 한다. 일시적인 미혹, 혼란, 고통 등으로 그 길을 중도 포기함은 극도의 무책임이며 죄악일 것이다. 하현은 그런 결론을 내리며 단호히 자신의 마음을 다 잡았다.

이별의 빛깔이듯 유독 처연한 가을빛이 더없이 견디기 힘들어 하현은 더욱 일에 몰두하며 여행팀을 이끌곤 여기저길 돌아다녔다. 그러나 가이드로서 더 이상의 기쁨이 없음은 참으로 맥빠지는 일이었다. 4월, 준우와 함께 한 곤명 여행 이후 그녀의 내면에서 진정한 기쁨이란 사라지고 없었다. 정말 희한한 일은 1년간의 연애 기간을 거쳐 결혼 3년차에 접어들었던 진성과의 헤어짐보다 곤명행 단 사흘간의 만남이 가져 온 이별이 훨씬 더 저리도록 가슴 아프다는 사실이었다. 마치 가슴 한 가운데 심장이 통째로 구멍이 난 듯, 아니 얼이 빠져나간 듯 그렇게 텅 빈 몸과 맘으로 그녀는 단지 하루하루를 연명해가고 있을 뿐인 그런 시간이 흘러갔다. 언젠간 회복기가 오겠지. 그녀는 가까스로 자신을 추스르며 단지 여행 가이드로서의 임무에 충실한 나날을 이어갔다.

뉴욕의 가을을 거쳐 캐나다의 몇 개 도시를 돌아보는 긴 패키지 일정을 마친 후 대형 그룹을 인솔, 지친 몸으로 인천공항에 도착한 저녁, 준우에게서 톡이 왔다. 이즈음 되도록 그의 전화나 문자에 응답하지 않으려 애를 썼기에 이제 더 이상은 그로부터 연락이 없으리라 예상했었다.

공항입니다. 소식도 없이 그렇게 긴 여행을 떠나시다뇨. 기다림에 지쳐 쌩병 날 지경입니다. 오늘은 꼭 찾아내어 그간의 밀린 회포 풀어야만 합니다.
로비에서 하현씨 입국 제대로 맞겠습니다. 어디로 증발하심 안됩니다!!!

도저히 어쩔 도리가 없는 내용이었다. 아마도 여행사로 전화하여 하현의 일정을 체크한 것임이 분명했다. 적어도 광화문에 위치한 그의 회사에서 인천 공항까지 오려면 아무리 속도를 낸다 해도 근 한 시간 반은 소요되는 거리였다. 그래 굳이 피하지 말자. 그가 너무도 그리워 심장에 균열이 생길 정도였음을!! 그를 피하는 것만이 능사는 아니다. 차리리 정면으로 부딪쳐 해결하기로! 하현은 입국의 마지막 절차인 세관을 통과, 일행이 다 모일 때를 기다려 그들과 다정히 작별 인사를 나누었다.

가이드님, 이제야 좀 생기가 나시네요. 인원이 많고 여정이 길어 고생 많으셨어요. 한 사람, 한 사람 악수를 나누며 끝까지 그들을 배웅한 후 하현은 가까이에 있는 화장실을 찾아 급히 얼굴과 머리를 다듬었다. 일행의 말대로 좀 전과는 달리 확실히 뭔가 생기가 도는 모습이었다. 반짝이는 눈빛, 알 듯 말 듯 떠오르는 입가의 엷은 미소. 그녀는 핸드백 손잡이에 묶어 둔 스카프를 끌러 자신의 목에 감았다. 녹색 가디간에 썩 잘 어울리는 블랙과 보라 계열의 실크 스카프, 그리고 화사한 퍼플의 립스틱만으로도 긴 여정에서 돌아온 여독을 감추기엔 충분함을 느끼며 그녀는 대형 캐리어를 끌고 총총히 입국장을 빠져나왔다.

아, 하현씨~!!!

입국장 로비 환영객 라인 맨 앞줄에서 준우가 한쪽 손을 번쩍 들며 하현을 반겼다. 입가에 번지는 그의 환한 미소가 눈부셔 하현은 눈을 가늘게 뜨며 그를 향해 미소 지었다. 그가 팔을 활짝 벌리며 달려와 하현을 부둥켜 안곤 빙그르르 한 바퀴 맴을 돌았다. 누가 보면 아주 오래된 연인 같은 포즈였다. 하긴 쿤밍의 서산 용문석굴 앞에서도 그렇게 번쩍 안아주었음을! 그때보다 몸이 더 가벼워요. 그동안 밥 많이 안 먹었죠. 얼굴도 많이 여위었어요. 그가 안쓰러운 눈빛으로 하현을 내려다보며 말했다. 참 이상도 하지. 사귄 지 한 백년쯤은 된 듯한 기분이었다. 하긴 저도 많이 마른 거 같지 않아요? 그간 고민이 많았거든요. 준우가 하현의 캐리어를 뺏어 들며 그녀에게 말했다.

조금은 그렇기도 한데 외려 더 날렵해 보이는데요. 두 사람은 눈을 마주치며 웃었다.

지금 이 순간 세상을 다 가진 기분입니다. 우린 함께 있어야 해요.

그가 하현의 한쪽 손을 꼬옥 움켜 쥐며 말했다. 그들은 곧 공항 그릴로 자리를 옮겨 마주앉았다. 준우는 식사 중 앞으로 자신의 계획에 대해 얘기했다. 하 많은 고심과 각오 끝에 내린 결론이라며 천천히, 그러나 매우 힘있게 말을 이었다.

제 딸 이름이 라희예요. 현재 7살. 내년에 초등학교 입학합니다. 한데 라희 엄마 생각은 그맘때 언어교육이 시작되어야만 효과적이라고 아이 데리고 이태리 가서 유학시켰음 하는데 저는 그간 줄곧 반대하는 입장이었어요. 조기 교육이 그리 바람직하다고 생각하질 않거든요. 준우의 이야기는 더 계속되었다. 그의 말은, 그러나 이제 각자 원하는 패턴의 삶을 지향하는 게 결국 답이 아니겠냐는 결론이었다. 그렇다고 서로 악감정으로 치달을 필요 없이 각자가 원하는 길을 택해 때론 협조하고 조우하고 상생하며 지내는 게 가장 필요한 시점이라고 강조했다.

준우는 이야기 말미에 매우 진지한 어조가 되어 하현에게 한 가지 부탁을 했다. 자신에게 시간을 좀 달라고. 늦어도 성탄 전까진 라희 엄마와 모든 걸 정리하고 돌아오겠다고. 하현이 왜 꼭 그 길을 택하려 하느냐 묻자 그가 말했다. 라희 엄마와는 많은 점이 서로 달라 더 이상은 도저히 함께 하기 힘들고, 이제 자신에게도 꼭 함께 하고 싶은 사람이 있어 어쩔 수가 없다고 답했다. 끝으로 그가 말했다.

하현씨, 앞으로 우리 한 주에 한 번씩만 만나기로 약속해요. 얼굴 잊지 않게. 그리곤 일이 매듭지어질 성탄절 이후론 계속 함께 하기로요. 그의 말에 하현은 자신도 모르게 고개를 저으며 말했다. 그러지 말아요. 모든 게 평탄히 정리될 때까진 잠시 텀을 두고 서로의 삶에 충실하기로요, 서로 모른 채 잘 살아왔듯 우리 한번 떨어져 견뎌보는 거에요. 견딜 수 있는 데까지요. 그리곤 너무 그립고 보고 싶어 진정 숨이 멎을 때쯤 연락하기로요. 둘 사이의 마음, 확실히 점검하는 기회도 될 수 있고, 그를 계기로 보다 강한 멘탈의 견인력도 키우고……. 어떨까요.

하현의 말에 준우는 매우 곤혹스런 표정이 되어 말했다. 난 도저히 힘들 거 같아요. 지금이 10월 중순인데 거의 두 달이나 못

보다뇨. 하현이 웃으며 말했다. 대신 문자로 소통하면 되지 않을까요. 때론 서로 전화도 하고……. 하현의 말에 그제서야 준우의 얼굴엔 엷은 웃음기가 배어났다.

그래요, 우리 한번 맘 단단히 먹고 견뎌 봐요. 대신 부디 전화로나마 소통은 좀 자주 하기로요. 연락 안될 땐 걱정되어 거의 미칠 지경이거든요. 그가 웃음을 터뜨리며 하현의 잔에 맥주를 가득 따랐다. 행복한 재회를 위하여! 두 사람은 밝은 미소로 건배했다.

미주, 캐나다 패키지를 마치고 돌아오던 날, 공항에 마중 나온 준우를 만난 이후 하현은 한결 마음의 안정을 찾아갔다. 일순 화르륵 타오르는 단순한 열정이 아니라 진정 서로를 원하고 배려하며 좋아하는 것인지, 그건 보다 좀 시간을 두고 점검해보아야 할 사안이란 생각이 들었다. 동일한 시행 착오를 다시 또 반복해선 안될 일이었다. 다소 심적 여유를 찾은 하현은 의외로 마음이 평안해짐을 느꼈다. 누군가를 좋아한다는 것, 누군가를 사랑한다는 건 도저히 쉽게 피할 수 없는 강렬한 이끌림이긴 분명하나 그럴수록 서로 보다 참고 견디며 인내하는 시간을 갖는 게 필요하단 생각에 스스로의 판단이 옳다고 믿었기 때문이었다.

하현은 여행 가이드 일정이 좀 뜸할 때면 자신의 아파트 커뮤니티에 들어가 라인 댄스를 배우고 수영을 하며 준우에 대한 그리움을 달래었다. 홀로 있는 밤엔 최근 사다놓은 수북한 책더미

속에서 맘에 드는 책을 골라 독서에 열중하고 때론 독후감을 쓰곤 했다. 그리 나쁘지 않은 세월이었다. 준우에게선 거의 매일 문자가 왔다. 수시로 생각이 날 때마다 자신의 감흥을 문자로 보내는 유형이었다. 공항에서 만나고 헤어진 지 근 한 달쯤 되던 즈음 마침내 자신의 참을성에 한계가 왔다며 돌연 하현의 집 근처로 찾아와 함께 차를 마셨다. 그때 그는 말했다. 라희 엄마완 얘기가 잘 되어갑니다. 실은 이태리에 좋아하는 남자 동창이 있다고……. 그간 내심 맘의 갈등이 심했나봐요. 성탄 이브엔 우리 무조건 베네세에서 보는 거에요. 거기서 꼭 만나는 걸로 약속해요. 하현의 새끼손가락을 끌어 당겨 자신의 새끼손가락에 걸곤 꼬옥 힘을 주며 그가 말했다. 하늘이 두 쪽 나는 한이 있어도 저는 갑니다, 베네세에! 강한 결의에 잠긴 눈빛으로 그가 하현의 눈을 정시하며 말했다.

어언 12월 중순이 다가오고 있었다. 하현은 여행사에서 내려오는 가이드 일정을 체크하며 자신도 모르게 계속 성탄 연휴의 스케줄에 마음이 쓰임을 어쩔 수가 없었다. 되도록 성탄 연휴만은 깨끗이 비워둔 채 오직 자신만의 일정을 짜고 싶은 간절함 때문이었다. 물론 준우와 함께 함을 전제로 한 일정임을 부인할 수는 없었다. 어쨌거나 만일 최악의 경우 혼자만의 여행이 된다 해도 이젠 피할 길이 없다는 각오로 그녀는 과감히 나오시마 패키지 가이드를 자원하는 자신을 발견하곤 놀라움을 느꼈다. 어딘가를 끊임없이 떠돌아야만 하는 길위의 여자. 타고난 역마살은 어쩔 수 없는 것일까.

나오시마에 닿기 전 하현은 소설 봇짱으로 유명한 나쓰메 소세끼의 작품 배경인 시코쿠 마쓰야마 일대를 돌아보는 성탄 특선 코스를 선택했다. 성탄 전야를 준우와 함께 하든 못하든 일단 자신은 최선을 다해 기회를 마련해 놓아야만 한다는 생각이었다.
패키지의 구성원은 소설을 쓰는 작가팀이라 확실히 뭔가 관심사가 남다른 데가 있어 하현은 감탄했다. 대학에서 일문학을 전공한 하현은 주로 나쓰메 소세끼의 삶과 일화를 중심으로 화제를 이어갔고 그들의 반응은 매우 좋았다. 총 아홉 명의 일행은 모두 하현의 설명을 경청하며 열심히 피드백을 보여 한결 힘이 났다. 동일한 코스, 동일한 시기라 해도 일행이 어떤 부류, 어떤 성향인가에 따라 가이드의 태도며 설명이 확연히 달라질 수밖에 없음을 절감했다.
느린 봇짱 전차를 타고 도고에서 온천욕을 즐기고 그곳의 명물인 경단과 우동을 맛보는 코스에 일행은 모두 탄성을 지르며 즐거워했다. 이제 기차를 타고 2시간 30분 가량 달려가면 다카마츠역에 도착한다. 과연 준우는 나오시마행 약속을 지킬 수 있을까. 열차 차창을 스쳐가는 평화로운 전원 풍경도 그녀의 마음에 전혀 위로가 아님을 깨닫는다. 순간 그녀의 심장에 수만개의 바늘이 꽂히듯 격렬한 통증이 몰려온다. 마음 비우기. 무조건 마음을 비우며 모든 게 그의 안위와 평화로 귀결되길 바랄 뿐이다. 그러나 억지로 짓는 하현의 미소엔 엷은 슬픔이 배어난다.

　이제 곧 일행을 이끌고 나오시마행 배를 타야할 시간이었다. 그러나 아직 그에게선 아무런 문자도 오질 않았다. 온몸에 힘이 쫙 빠지는 기분을 추스르기 힘들었다. 그녀는 스스로를 달래듯 마음을 굳게 다잡으며 일행을 향해 꼿꼿이 걸음을 옮겨갔다. 순간 어깨에 멘 그녀의 에코백 핸드폰에서 카톡의 신호음이 들려왔다. 그녀는 아무 것도 바라지 않는 듯한 느린 손길로 무연히 핸드폰을 꺼내어 화면을 체크했다.

　　하현, 좀 더 일찍 연락 못해 미안!!!
　　이곳 일 정리하고 직장에 연가 내고 비행기 타느라 도무지
　　경황이 없었어요…….
　　여행사에 알아보니 약속대로 하현이 먼저
　　다카마츠에 가 있어 환호환호!!!
　　난 조금 전 나오시마에 도착,
　　베네세 하우스에 멋진 방 예약했음.
　　여긴 지금 베네세 커피샵.
　　배가 올 때쯤 부두로 나갈게요.

저 바다의 파도보다 내 가슴의 파도가 더 높게 뜀.
너무너무 보고 싶어요.~~♥♥♥

다카마츠항을 떠난 고속 페리는 점점 더 빠르게 나오시마 부두를 향해 다가갔다. 저만치에서 쿠사마 야요이의 빨간 호박이 하나의 작은 공처럼 하현의 눈을 찔러왔다. 이윽고 점점 더 커져만 가는 빨간 호박. 그녀의 가슴 또한 터질 듯 빨갛게 부풀어 오름을 막을 수가 없었다.

두렵고 사랑스러운 나의 목격자들

장편 연재 원고 마감일이 코앞으로 다가와 노트북 PC 앞에 앉아 정신없이 자판을 두들기는 소현의 귀에 경쾌한 핸드폰의 수신음이 울려왔다. 받을까 말까 잠깐 망설이던 그녀는 그예 손을 뻗쳐 폰을 집어 들었다. 모르는 번호였다. 그대로 끊을까 하다가 직감이랄까, 뭔가 좀 묘한 느낌이 일어 전화를 받았다. 그게 바로 근 35년만에 연결 된 제자 민과의 통화였다.

전소현 샘 핸폰인가요. 처음 듣는 남자의 음성이었다. 샘, 저 L중학교 나온 조경민입니다. 1학년 1반 8번. 조경민. 기억하시겠어요, 샘……. 문예지에 연재 중인 선생님 작품을 읽고 연락드립니다. 경민과의 소통은 그렇듯 한 통의 전화로 시작되었다.

35년전 소현이 대학을 졸업하던 그해 봄, 초임 교사로 첫 발을 뗀 부임지인 경기도 고양군 L중학교. 당시만 해도 신도시가 들어서기 전이라 교통이며 환경이며 모든 여건이 열악하여 서울에서의 통근이란 쉬운 일이 아니었다. 서울역에서 문산까지 이어지는 경의선을 타고 근 1시간을 달려야만 가닿는 작은 역, L시. 그곳이 바로 소현의 첫 근무지였다. 아침이면 부리나케 서울역으로 달려가 매시 정각에 출발하는 완행열차를 타야만 했고, 까딱 기차를 놓칠 때면 택시를 타고 불광동 시외버스 정류소로 내달려 구불구불 이어지는 시골길을 근 한 시간은 달려야만 학교에 닿을 수가 있었다.

2월에 대학을 졸업한 소현은 4월 늦은 발령이 날 때까지 잠시 삼촌이 운영하는 수입상 '커미소리(commissary)'에서 아르바이트 일을 했다. 대학에서 4년간 영어를 전공한 그녀가 거기서 하는 일이란 고작 매장에 진열된 모든 상품의 영자 라벨을 읽어내고 그 가격을 기억하여 계산기를 두드리는 일이었다. 지금처럼 상품의 바코드가 가격을 알려주는 시스템이 없을 때여서 판매원이 일일이 상품명과 그것의 가격을 다 외어야만 정산이 가능하던 시절이었다. 따라서 매일 아침 출근하면 수입 상품의 품명과 가격을 철저히 외우는 게 그녀의 주업무였다. 수없이 많은 식품과 각종 소스들. 그것의 가격을 모조리 외어야 함은 너무도 지독한 스트레스라 소현은 상품의 일정 품목은 자신만의 노트에 빽빽이 메모를 해놓곤 정산 시 살짝살짝 커닝을 해야만 했다.

무엇보다 힘든 건 미화, 달러만 취급하는 샵이라 모든 정산을 달러로만 해야 하는 게 그녀에겐 정말이지 끔찍한 일이었다. 옆 계산대 여상 출신 아가씨가 더없이 능숙하게 해내는 일을 그녀는 그토록 진땀을 빼며 해야 하다니! 그건 도저히 자신의 성향에 맞지 않는 일임을 알았다. 고작 이런 일을 하기 위해 전공에 더해 교직 과목까지 이수해야 했던가. 집에서 아무리 멀리 떨어진 벽지나 섬으로 발령이 난다 해도 자신이 할 일은 아이들을 가르치는 일임을 그녀는 커미소리의 일을 통해 거듭 확인했다.

사실 소현의 첫 발령지는 고양군의 L중학교가 아니었다. 대학 동기들은 보통 교사 임용 1차 지망을 서울, 2차 지망을 경기도로 신청함이 상례였다. 그러나 소현은 과감히 1차 지망을 경기도로, 2차 지명을 서울로 신청하여 동기 중 그래도 가장 발령이 빨리 난 편이었다. 첫 발령지는 경기도 최북단, 휴전선이 멀지 않은 연천이었다. 그나마 우려하던 첫 발령지가 섬이 아님에 안도하며 소현은 경기도 교육청으로부터 날아 온 발령장을 들고 초임지의 학교를 찾아갔다.

덜컹거리는 비포장길 두어 시간을 달린 끝에 겨우 가닿은 곳, 그곳은 연천의 어느 작은 면소재지에 있는 D중학교였다. 때는 4월. 3·8선이 가깝고 군부대 밀집 지역이라 황사 이는 거리엔 온통 군복 차림의 장병들만 가득한 황량한 풍경이 더욱 스산한 한

기를 몰아왔다. 좁은 도로를 뚫고 분주히 군용 지프들이 오가는 거리를 지나 뚝딱거리는 가슴을 안고 소현은 초임지 중학교의 교정을 들어섰다.

　어느 시골 부잣집 마당 크기의 아담한 운동장이 빨간 흙을 드러내며 그녀를 반겼다. 은은히 들려오는 풍금소리, 저 혼자 가만히 흔들리는 그네, 포플러가 에워싼 텅빈 운동장은 평소 그녀가 꿈꿔 오던 작은 시골 학교 정경 그대로였다. 교무실을 찾아 들어가자, 한 눈에 쏙 들어오는 내부 풍경이 더없이 가족적인 분위기라 자신도 모르게 소현은 입가에 미소가 번졌다. 수업이 비어 자리에 남아 있는 교사들과 인사를 나눈 후 교장실로 안내 받았고, 거기서 소현은 새학기인 3월부터 시작되어야 할 영어 수업이 담당 교사의 결원으로 아직 전혀 진도조차 나가지 못했음을 알았다.

　오늘부터라도 당장 수업을 좀 해주시지요. 근엄한 음성으로 청하는 교장의 부탁을 차마 거절할 수 없어 소현은 아무런 수업 준비도 없는 상태에서 교무주임의 안내에 따라 무작정 학급으로 들어갔다. 중3 영어. 그녀에겐 교단에 서는 첫 수업이었다. 단정하고 의젓한 모습의 반장 아이가 일어나 '차렷, 경례', 하고 인사를 주도하였고 소현은 눈앞이 뿌옇게 흐려와 쉽게 입을 뗄 수가 없었다. 70여명이나 되는 까만 교복의 까까머리 아이들을 마주하니 생각보다 훨씬 긴장되고 가슴이 먹먹해옴을 어쩔 수가 없었다. 전소현. 칠판에 본인의 이름을 쓰고 간단히 자신을 소개한 후 그녀는 떨리는 손길로 중3 영어 교과서의 제 1장을 펼쳐 들었다. 아, 기막힌 인연. 19C 영국의 낭만주의 시인 윌리엄 워즈워드의 시가 실려있었다. 무지개. 그 시의 전문이 교과서의 첫 페이지를 장식하고 있다니! 워즈워드라면 바로 그녀의 졸업 논문 주제. 준비된 수업안 없이도 적어도 한 시간 정도의 수업은 메울 수 있다는 안도감에 그녀는 겨우 여유를 찾아갔다. 시인의 생애와 작품을 간략히 소개한 후 천천히 시의 원문을 낭독했다. 그제서야 아이들의 반짝이는 눈빛이 눈에 들어왔다. 가르치는 두려움과 희열에 가슴이 뛰었다.

순간 누군가의 실루엣이 복도 창을 스치는가 싶더니 연이어 똑똑, 교실문을 노크하는 소리가 들려왔다. 소현이 교단을 내려가 문을 열었다. 선생님, 지금 곧 교장실로 오라십니다. 사환 아이가 교장의 전갈을 들고 교실로 찾아온 것이다. 아니 이게 뭔 일이람! 이제 마악 수업을 시작했는데……. 뭔가 예사로운 일이 아님을 느끼며 소현은 학생들에게 영시, 무지개의 전문을 각자의 노트에 옮겨 적으라고 지시한 후 급히 교장실로 들어갔다.

교장은 적이 황당한 낯빛이 되어 공문서 한 장을 앞에 놓고는 안경을 벗으며 말했다. 전 선생, 교육청의 업무 실수로 재발령이 났어요. 지금 곧 고양군 일산면 L중학교, 그 학교로 가서야 합니다. 사실 거긴 통근이 가능한 A급 지역이라 초임 발령이 매우 어려운 곳인데…… 행운입니다. 축하해요. 교직 생활 30년간 나 또한 이런 일은 처음이니 전 선생도 납득 안 되고 놀랍겠으나 도리가 없어요. 지금 곧 수업 중단하시고 우선 재발령 난 고양군 교육청 들려 L중학교로 가십시오.

교장은 교육계의 유례없는 행정상 오류라며 고개를 휘휘 내저었다. 더구나 고양군 교육청은 소현의 주소지와 매우 가까운 서울 무악재 부근이니 엄청난 행운임을 누누이 강조하며 금일 중 꼭 교육청에 들려 발령장을 수령함이 좋겠다고 당부했다. 마악 첫 수업을 하던 중에 불려나온 소현은 어안이 벙벙, 일의 전후 상황이 도무지 제대로 파악 안될 뿐더러, 비록 짧은 시간의 대면이었으나 초롱초롱 빛나던 아이들의 눈동자가 내내 마음에 걸려 도무지 발이 떨어지질 않았다. '어린이는 어른의 아버지(The Child is father of the Man)' 방금 전 낭독하던 시의 한 구절이 떠오르며 가슴 한켠이 싸해왔다.

운동장을 걸어 나오며 좀 전 수업하던 교실 쪽을 계속 돌아보는 그녀의 등을 다독이며 교무실에서 처음 인사 나눈 영어과 선배 교사가 따스한 말로 위로했다. 전 선생도 영락없이 교직이 천직이네요. 그새 벌써 아이들과 정이 들은 거에요? 애들은 어디나 다 예뻐요. 그래도 집에서 통근이 가능한 곳으로 재발령 났으니 이건 행운도 보통 행운이 아닙니다.

초면에 여고 동문이라 반갑다며 손에 차비까지 쥐어주는 선배 교사의 마음엔 감동하지 않을 수 없었다. 또한 교육계 유례없는 행정 착오가 일어나게 된 경위에 관해서도 상세한 내막을 알려주어 소현은 비로소 자신의 재발령이 이해되었다.

예컨대 교육계의 상피제에 걸린 케이스였다. 소현이 첫 수업을 하다 나온 바로 이 D중학교에서 미혼의 영어과 남선생과 과학과의 처녀 선생이 서로 눈이 맞아 연애를 했다. 극히 자연스러운 일이었으나 두 사람은 그들의 연애를 철저히 비밀에 부쳤다. 일테면 사내 커플이라 은연 중 서로 근무에 지장이 있고 주변의 시선도 부담스럽다며 그들은 끝내 둘의 사귐을 꽁꽁 감춰온 것이다. 거기까진 이해가 안 될 것도 없었으나 문제는 그 다음이었다.

지난 겨울 방학, 그들은 동료 교사들 아무도 모르게 비밀 결혼식을 올렸다. 그리곤 미처 혼인신고를 하기도 전에 두 사람의 전근을 위해 교육청에 내신을 했다. 한데 아뿔싸, 두 사람이 부부라는 사실을 알 리 없는 교육청이 한 학교에 부부를 나란히 발령 내는 초유의 사태가 벌어진 것이다. 당사자의 후속 처리로 L중에 부부 교사가 함께 부임하게 된 사실이 알려지자 교육청은 발칵 뒤집혔다. 때문에 남편인 영어 교사는 다시 원위치로 환원되었고 고양군 L중 영어과 빈자리는 요행히도 소현에게로 발령이 난 것이었다.

그것이 유례없는 재발령의 경위였다. 어쨌거나 소현에겐 더할 나위 없는 천운이라고 모두 축하했으나 정작 그녀 자신은 두고 온 첫 수업의 아이들이 눈에 아른거려 뭐가 잘 되고 뭐가 잘못된 것인지 분별이 잘 되질 않았다. 연천에서라면 자취방이라도 하나 얻어 통근에 신경 안 쓰고 그저 아이들만 열심히 가르치리라 각오를 단단히 했던 터라 한편으론 아침 저녁 통근한다는 일이 외려 더 번거롭게 느껴지기도 했다.

독립문이 지척인 소현의 집에서 L시까지의 거리는 사실 충분히 통근이 가능한 코스였다. 서울역으로 가서 기차를 타거나 불광동으로 가서 시외버스를 타도 학교까지는 근 1시간 반이면 넉넉한 거리였다.

처음 학교를 방문하던 날 소현은 아침 일찍 일어나 서울역으로 가서 경의선 열차를 탔다. 낡은 녹색 융단이 씌워진 좌석은 복고풍의 향수를 불러일으키는 충충한 분위기였으나 통근이나 통학하는 승객들로 꽉 찬 객실은 거의 빈자리가 없을 정도였다. 경의선이 처음인 소현은 모든 게 생경하고 신기하기만 했다. 4월의 연초록빛 들판을 달리는 열차가 작은 역사에 닿을 때마다 플랫홈의 하얀 팻말에 쓰인 역 이름을 외우며, 그녀는 아이들을 가르친다는 막중한 역할을 제대로 잘 해낼 수 있을지 덜컹이는 바퀴 소리만큼이나 가슴이 쿵닥거렸다.

L중학교는 첫 발령지인 연천의 D중학보다 훨씬 넓은 교정이라 약간의 떨림을 느끼며 소현은 발령장을 들고 교무실로 들어섰다. 사전에 어느 정도는 자신의 재발령에 관한 정보를 알고 왔기에

짐짓 마음의 여유를 갖고 신임 교사 신고식을 마쳤다. 중고 병설이라 교무실은 연천의 D중학보다 몇 배나 더 큰 규모에 뭔가 좀 와자하고 어수선한 분위기라 놀라웠다. 과목당 담당 교사의 수급 차질로 소현은 자신의 전공인 영어 외에 상치 과목으로 국어까지 맡아야 함이 좀 어이 없긴 했으나 도리가 없었다. 그녀는 수업계 주임 교사가 임시로 맡고 있던 중학교 1학년 1반. 그 반의 담임 교사로 배정되었다.

1학년 1반. 전 담임인 주임 교사가 소현을 데리고 긴 복도 맨 끝 교실로 들어서자 72명의 까만 눈동자가 일제히 그녀를 향해 모아졌다. 검은 교복을 단정하게 입은 까까머리 소년들이 호기심 가득한 눈빛으로 소현을 바라보았다. 학급의 가장 뒷줄에 앉아 있던 키 큰 반장 아이가 일어나 경례의 인사를 주도했다. 준수하고 반듯한 모습의 반장. 가히 군계일학이라 할만 했다. 그가 바로 규였다. 순간 그녀는 알 수 없는 설렘, 희열 같은 것이 가슴 한켠에서 힘차게 솟구쳐 오름을 느꼈다. 이미 전생에서 익히 알고 있는 아이들을 다시 만난 듯한 묘한 기시감. 그것은 어디에서 비롯된 것일까. 그녀가 맡은 첫 담임반 아이들. 1학년 1반과의 조우는 그렇게 시작되었다.

소현에게 있어 통근길은 매일매일이 기차 여행이었다. 출발점인 서울역에서 낡은 경의선을 타고 달리면 작은 정거장마다 무거운 가방을 들고 차에 오르는 까까머리 제자들의 모습들과 마주치며 그녀의 하루는 시작되었다. 오른손에 들었던 가방을 슬그머니 왼손으로 옮겨들며 진지한 낯빛으로 말없이 경례를 올리는 교모 단정히 쓴 아이들의 의젓한 모습은 그녀에게 더없는 기쁨이었다. 당시만 해도 인구 과밀 학급이라 경험 없는 초임교사가 72명의 남학생들을 이끌어간다는 일은 결코 쉬운 일이 아니었다. 그러나 그녀에겐 노회함을 대신하는 팽팽한 젊음과 열정이 있어 비록 선무당 노릇이나마 대과 없이 학급을 잘 이끌어갈 수가 있었다.

키 순서대로 정한 출석 번호 72번 반장 김명규. 그는 출생 신고가 늦어진 관계로 입학이 늦어 또래보다 두 살쯤 나이가 많았고 모든 면에서 듬직하고 믿음직한 아이라 소현에게 가장 큰 힘이 되는 존재였다. 아이들은 누구랄 것 없이 모두 나름나름 다 귀엽고 예쁘기만 했다. 출석번호 1번에서 72번까지. 교무수첩에 학급의 명렬표를 붙이고 다니며 틈만 나면 이름을 외운 결과, 소현은 부임 한 주만에 학급 72명의 이름과 얼굴을 모두 외었고 수업시간에 아이들의 이름을 불러주며 빠르고 강한 친밀감을 형성해갔다. 공부를 잘 하는 아이, 그림을 잘 그리는 아이, 글짓기에 뛰어난 아이, 서예에 능한 아이, 축구를 잘하는 아이. 노래를 잘 하는 아이. 그렇듯 아이들에겐 저마다 각기 타고난 성향과, 재능, 소질이 잠재되어 있음을 발견하는 것은 무한대의 보석이 숨겨진 거대한 광산의 채굴처럼 놀랍기만 했다. 이제 마악 어린이에서 청소년으로 자라나려는, 아직은 여리디 여린 무공해의 존재, 그들의 해맑은 감성에 과연 어떠한 흔적을 남길 것인가. 소현은 그 점이 몹시 두렵기만 했다.

가정환경 기록부를 살펴보면 부모의 직업은 주로 농업이 주를 이뤘고, 나머진 군인 가족, 어업, 건축업, 일용직, 근로자 순이었는데 특기할만한 사항은 어업이 주업인 경우도 있어 소현은 좀 의아했다. 어업이라니. 물고기를 잡아 생계를 유지한다는 것인지. 그러나 그녀의 의문은 머지않아 곧 풀렸다. 소현에겐 가장 곤혹스러운, 마감일이 지나도록 미처 완납 못한 등록금 미납자들을 독려하는 시간에 알게 된 사실이었다. 아버지가 강에서 고기를 많이 잡으면 그때나 등록금 주신다고 조금만 더 참아달래요. 손등으로 눈을 부비며 굵은 눈물을 닦아내던 진성. 그의 말에 너무도 놀라 소현이 물었다. 아니 그럼 성이네집 근처에도 강이 있니? 눈물 고인 아이의 눈동자에 엷은 웃음이 묻어났다. 있어요, 샘. 한강이요. 저희집 앞으로 한강 하류가 흘러요. 바다처럼 넓은걸요. 아, 몰랐네. 성이 덕분에 샘이 지리 공부하게 생겼다, 고마워. 진성의 헐은 손을 어루만지며 그녀는 짐짓 그렇게 아이의 마음을 달래주었다. 고추가 다 마르면 장에 내다 팔아 돈을 마련한대요, 열무를 캐서 팔리면 돈 주신대요. 하는 등등의 이야길 전하며 거칠고 부르튼 주먹으로 눈물을 닦아내는 아이들의 모습은 소현의 가슴을 저며왔다.

시간의 흐름은 많은 것을 바꿔놓는다. 소현과 그녀의 제자들. 그들의 관계도 마찬가지였다. 초임 교사 소현의 모든 걸 기억하고 있는 두렵고도 사랑스러운 목격자들, 그녀의 제자들은 흐르는 세월과 함께 당당한 성년으로 성장했다. 그리고 그즈음 전혀 예측 못한 고양군 부근의 신도시 건설로 실로 인생유전을 절감케하는 일대의 변화가 일어났다. 그들은 조상 대대로 일궈 온 척박한 삶의 터전이 하루 아침 거대한 아파트 단지로 변모되는 대격변을 겪으며 저마다 어느만큼은 엄청난 부를 쌓게 되었다. 국가로부터의 토지 보상을 받게 된 것이다. 규의 경우도 그러했다. 놀랍게도 규는 소현보다 몇 년 더 일찍 일간지 신춘문예를 통해 시인으로 등단, 우연한 기회에 문단 행사에서 조우했다. 그는 이런저런 사업과 더불어 왕성한 활동 중이었으나 정직하고 모범적인 면모만은 예전과 다름 없었다. 그는 옛 담임, 소현이 궁금해하는 보상액에 관해 차마 제대로 전달할 수가 없다는 듯 심히 곤혹스런 낯빛을 하곤 말했다. 선생님 아시면 놀라실 거에요. 생수 판매업, 노래방 등 몇 개의 사업체를 운영하는 규는 어느 해 스승의 날 외제차를 몰고 소현을 찾아와 교외의 멋진 카페에서 밥을 사며 고백했다.

저흰 농사 짓던 땅이 많아서 보상을 좀 많이 받았어요. 얼마 정도냐고요. 으음…… 최소한 자식대까지 암 것도 안 해도 먹고 살만큼요. 규는 마지 못한 듯 그렇게 말했다. 상전벽해. 그 말 외에 소현은 달리 할 말이 없었다. 어쨌거나 빈곤과 결핍 속에 시달리던 제자들에게 재물운이 트인 건 그녀에게도 큰 기쁨이었다. 소현이 규에게 물었다. 어느날 갑자기 엄청난 재물이 생기면 그 기분은 과연 어떤지……. 어느 한 순간 세상이 갑자기 완전 눈 아래로 보인다든가……. 그런 네 느낌을 좀 말해줄 수 있겠니. 잠시 생각에 잠기던 규가 말했다. 그러니까요. 샘. 뭐랄까요, 어느 한 순간 구름 위로 부웅, 떠오르듯 믿을 수 없이 놀랍고 뭔가 막 부풀어 오르는 기분, 그러나 또 한편으론 매우 불안하고도 두려운 느낌. 그걸 어떻게 표현할 수 있을까요. 정확히 말해, 제 스스로의 노력으로 얻은 재화가 아니기에 마치 로또에 당첨된 듯 아직도 실감 안나고 감당 안되는 당혹감도 있는 게 사실이에요. 해서 저는 그냥 평소 살아오던 방식 그대로 살아가야 한다는 생각뿐입니다. 어디 투자를 한다던가, 그걸로 뭐 사업을 벌인다던가 하는 생각은 전혀 못하고 있어요. 벌써 몇몇 친구들은 크게 사업을 벌이다간 완전히 떨어 먹고 망한 경우도 많거든요.

규의 말을 경청하는 소현의 마음에 알 수 없는 우려의 그늘이 깃들었다. 규는 시인이다. 시인이란…… 시를 쓴다는 건 물질적 풍요보단 차라리 그것에의 결핍 가운데 시심이 더 영묘히 빛을 발하게 되는 건 아닐지…… 자신의 판단이 어쩜 기우일 수도 있다는 생각에 소현은 그날 제자, 규에게 다만 한 마디의 조언을 건

넸을 뿐이었다.

규야, 꾸준한 마음 수련으로 부디 맑은 시 정신 잃지 않길 바랄 뿐이다.

그날 규는 소현을 차에 태워 고양의 신도시로 달려갔다. 차안에서 규가 말했다. 샘, 중1때 샘이 무조건 외우라는 시들 중 아직도 기억나는 게 있어요. 프랜시스 윌리엄 버어딜론의 「밤은 천 개의 눈을 가졌지만」 그 시가 생각나요. 그리고 당시 국어교과서에 실렸던 박성룡 시인의 「풀잎」이란 시도요. '풀잎은 퍽도 아름다운 이름을 가졌어요. 우리가 풀잎 하고 그를 부를 때는……' 뭐 그런 시도 있었죠. 그런 시들을 외우며 아마 은연 중 시인의 소양을 쌓은 건지도 모르겠어요. 암튼 선생님 영향이 컸다는 생각이 들어요.

노련한 동작으로 핸들을 돌리며 규가 옛일을 회상했다. 어머, 아직도 내 수업을 기억하고 있단 거니. 소현은 가슴이 먹먹해 와 할 말을 잃었다.

동기생 근황이 오고가자 그 옛날 등록금 미납으로 눈물 흘리던 진성이 얘기가 나왔고 그 역시 토지 보상을 받아 자동차 정비 업체 사장이 되었다며 고양으로 향하던 규는 소현을 곧 그의 일터로 데려갔다. 기름투성이 멜빵 청바지 차림의 진성은 반색을 하며 소현을 반겼다. 샘, 목소린 예전과 똑같네요.

늠름하게 자라 의연한 자태의 중년 남자로 변모된 진성이 낯설어 소현은 조금 당황했다. 반가운 마음과 긴 세월 사이엔 상당한 변수가 있음을 실감했다. 그는 특히 비싼 외제차 수리 전문가로 정평이 나 강남, 과천 등 멀리서도 고객들이 찾아온다며 차량 리프트에 올려진 대형차 밑에 쭈그리고 앉아 좀체 일손을 거두지 못했다. 샘, 샘 승용차가 뭐예요? 고장 나거나 문제 있음 언제라도 저한테 가져오서요. 그냥 고쳐드릴게요. 기름때 묻은 얼굴을 소현에게로 향하며 진성이 훈훈한 웃음을 흘렸다. 내 차…… 으음…… 구형 아반떼. 근데 난 좀처럼 차 안 갖고 다녀. 대중 교통이 훨씬 편하니깐. 샘은 원래 기차를 좋아했잖니. 니들이랑 경의선 타던 시절도 생각나고…….

여전하시네요, 샘. 다소는 실망한 얼굴로 진성이 말했다. 여전하다니…… 무엇이 여전하다는 것일까. 그 말의 의미를 알 수 없어 소현은 그저 희미하게 웃어보였을 뿐이었다.

지나간 세월. 흘러간 시간들의 덧없음. 그날 이후 소현은 옛 제자들에 대한 그리움을 단호히 접어버렸다.

그리곤 더 오랜 시간이 지나 시인이 된 민이 장편 연재 중인 소현의 작품을 읽곤 연락을 해 온 것이다. 시인 이전에 이름 난 각자장이 된 민이.

1학년 1반 8번 조경민. 그는 호리호리하고 가냘픈 체구에 잘 익은 산머루처럼 눈이 까맣게 빛나던 아이였다. 말이 없고 정적이며 수줍은 편이나 수업을 즐기는 피드백이 온몸으로 생생히 느껴지던 영민한 학생이었다. 환경미화 작업시에도 앞에 나서 자신의 재주를 자랑하는 유형은 아니었으나 아무도 모르게 학급 게시판의 주제를 목판에 멋진 필체로 직접 써 와 표 안나게 걸어놓는 아이였다. 그러나 두발 복장 검사가 있는 날이면 손톱의 청결 상태까지 검사하던 당시, 어쩐 일로 경민은 모든 단정한 복장에도 불구하고 손톱만은 늘 까만 때가 끼어 있어 소현은 그 점이 참 의아했다.

　경민아, 손톱에 때 안 끼게 손 좀 깨끗이 씻고 다녀라. 소현은 회초리로 민의 손바닥을 찰싹 때리며 체벌을 가하곤 했다. 그러나 그런 아이의 손이 애처로워 때리는 그녀의 손목엔 매번 힘이 빠져버리기 십상이었다.

　민이의 까만 손톱 때. 그 연유를 알게 된 건 소현이 여름방학 숙제로 내 준 일기 덕분이었다. 소현의 특활 담당이 당시의 역점 교육이던 자유교양반, 곧 독서와 글짓기 지도였기에 담임 교사로서 그녀는 1학년 1반 아이들에게만 독후감과 함께 일기 쓰기를 특별한 과제물로 내주었다. 그러나 집안일 돕고 놀기에 바쁜 아이들은 거의 대부분 방학 숙제를 제대로 해오지 않았다. 학급에서 가장 모범적으로 과제물을 제출한 아이는 반장인 명규와 경민이었다. 그들은 방학동안 거의 매일 일기를 썼고, 학급문고에서 빌려 읽은 책의 독후감까지 성실히 적어 제출했다. 웅변에다, 글짓기, 서예에 이르기까지 팔방미인이라 할 규의 일기와 독후감은 착하고 반듯한 모범생의 전범이라 할 내용으로 일관되어 있었으나, 민의 일기는 좀 달랐다. 지극히 맑고 선한 심성은 규와 동일했으나 어딘가 좀 묘한 파격과 일탈이 느껴지는 내용이라 소현의 눈길을 끌었다. 민의 일기엔 이런 대목이 있었다.

소 먹이러 산에 가 꼴을 벤다
어느새 손톱 밑에 까맣게 물이 들었다

아무리 씻어도 풀물은 안 빠지고
선생님은 그걸 때라고 하며
손바닥을 때리신다
어느새 내 심장에도 까만 풀물이 들었다.

어느 날 쓴 한 편의 동시와도 같은 경민의 일기를 읽으며 소현은 가슴이 철렁 내려앉았다. 방학이 끝나고 첫 복장 검사가 있는 날. 소현은 작심하곤 질 좋은 손톱깎이와 손톱줄을 준비하여 1학년 1반 자신의 책상 서랍에 넣어두었다. 종례를 마친 후 예의 학급을 한 바퀴 돌며 두발이며 복장 검사를 실시한 후 검사에 통과

된 아이들은 다 귀가시키고 남은 몇 명은 한 줄로 세워 교실 정면 그녀의 책상 앞으로 오라고 지시했다. 주로 손톱이 긴 아이들만 남아있게 하였으나 경민만은 예외였다. 한 명씩 아이들의 손을 잡곤 정성껏 손톱을 잘라 주었다. 경민의 차례가 왔다. 손톱이 긴 것은 아니었으나 어김없이 손톱마다 까맣게 풀물이 베어 있는 가녀린 손이었다. 세상에나, 이런 손으로 매일 산에 가서 꼴을 베다니! 민아, 샘은 일기를 보고서야 알았다. 이게 때가 아니라 풀물이었네……. 미안해. 아이의 작은 손을 꼭 잡고 더 짧게 손톱을 깎아주며 소현이 말했다. 민의 예민하고 섬세한 윤곽에 미세한 떨림이 일더니 웃는 듯 우는 듯 아이의 얼굴이 살짝 흔들렸다. 아앗~! 순간 아이의 손톱 밑 여린 살에 빨간 피가 돋아났다. 어머, 어째……, 샘이 살을 베었네. 자신도 모르게 소현은 피가 솟는 민의 손가락을 입술로 가져 가 호오, 입김을 불어 넣었다. 선생님 손이 약손~!! 소현이 피가 배어나는 민의 손가락을 자신의 손으로 꼭 누른 채 호오, 하고 불어주자 그제야 민의 얼굴에 환한 웃음꽃이 피어났다. 엷은 홍조를 띤 수줍고도 해맑은 미소였다.

　경민의 일기를 통해 소현은 그의 일상에 관한 많은 것을 알게 되었다. 나이에 비해 결코 견디기 쉽지 않은 환경을 의연히 잘 이겨내고 있는 아이였다. 매일 아침 꼭두새벽에 일어나 열차로 서울 신촌시장에 야채를 내다 파는 어머니를 위해 기차역까지 짐을 날라준 후 다시 집으로 와 부리나케 등교 준비를 하여 학교로 향해야 하는 13살짜리의 고달픈 하루. 어느 하루 그의 일기는 오래도록 소현의 가슴을 울렸다.

'작문 시간에 우리 선생님은 자신이 가장 좋아하는 단어 중 하나가 '기차'라고 말씀하셨다. 언제 들어도 자신의 마음에 설렘과 기쁨을 안겨주는 대상이 기차라고 하셨다. 그러나 내겐 기차가 곧 슬픔이며 아픔이다. 아니 고통이다. 한 사물을 향해 이렇듯 사람마다 떠올리는 마음의 빛깔이 다를 수 있다니! 우리 선생님은 인형처럼 밝고 예쁘신데 과연 슬픔이란 단어를 알고나 계실까. 난 가끔 그런 생각을 하며 혼자 더욱 외로움에 빠지곤 한다.'

중1이라기엔 좀 조숙한 사고를 지닌 민의 일기는 대학을 갓 졸업한 24세의 초임 여교사, 소현의 자의식을 자극했다.

여름방학을 끝내고 개학을 맞자, 교실 한켠에 조용히 눈에 띄는 아이가 있었다. 저만치서 꾸벅 고개 숙여 인사하는 경민. 그의 눈빛은 뭔가 더 깊고 그윽해진 느낌이었다. 무언가 홀로 부단히 내적 연마를 다진 눈빛이랄까.

경민인 방학 동안 숙제 진짜 열심히 한 것 같다. 소현이 조용히 다가가 아이의 머릴 쓰다듬으며 말하자, 민은 예의 수줍은 미소를 띠우며 웃어보였다.

경민의 일기를 통해 소현은 교사로서 자신의 역부족을 더욱 절감했다. 어린이는 어른의 아버지. 그 말은 진정 참이며 진리임을 뼈저리게 체감하던 시기였다.

2학기를 맞아 학교로 돌아 온 아이들은 그새 모두 훌쩍 커진 모습이라 뭔가 좀 낯선 느낌을 안겨주었다. 반장 규는 언제봐도 표정이며 자세가 조금도 흐트러짐 없는 모범생의 전형이었다. 그러기에 비록 제자라 해도 소현 쪽에서 외려 늘 진중함을 고수해야만 하는 그런 학생이었다. 워낙 자존감 강하고 완벽주의의 반듯한 성정에다 자기관리 또한 철저하여 어느 한 구석 허술함이라곤 보이질 않는 아이였다. 그러나 소현은 학기 초 단 한 번 그를 야단친 일이 있었다. 방과 후 청소 점검을 하기 위해 교실로 들어가니 규가 몹시 분개한 모습으로 아이들 몇을 '엎드려 뻗쳐' 동작을 시킨 채 대걸레로 후려패고 있었다. 아이들의 신음이 교실을 울렸다. 아니, 규, 지금 뭐하고 있는 거니~! 기겁을 한 소현의 음성에 거친 숨을 내뿜으며 규가 동작을 멈추었다. 애들이 청소 안 하고 다 토껴서 겨우 잡아왔어요. 그럼 교무실로 와 샘에게 먼저 보고를 했어야지……. 알겠다. 자아, 다들 일어나 일제히 다시 청소 시작! 샘 다시 올 때까지 신속히 청소 완료. 알겠지. 그리고 명규는 잠깐 샘하고 얘기 좀 하자. 소현은 벌렁거리는 가슴을 누르며 아이들에게 청소 재개를 지시한 후 규를 데리고 말없이 교무실로 돌아왔다.

　명규야, 반장 노릇 힘든 거 잘 안다. 벌망아지처럼 제멋대로인 70여명의 아이들, 관리하고 통솔하려면 많이 힘들지. 근데 아무리 화가 나고 힘들어도 반장이 애들을 때려선 안 돼. 너흰 모두 친구 사이라 폭력을 쓰면 우정에 금이 가고 서로 마음에 앙금이 생기기 십상이란다. 선생님이 있잖니. 내게 얘기해서 담임이 해결하도록 도와주는 게 반장의 역할이지. 청소 깨끗이 한 후 샘에게 보고하려고 혼자 애가 탔던 거 이해해. 하지만 앞으로 우리 반 우애와 화합을 위해 명규 네가 좀 더 노력했음 싶다.

소현이 차분한 어조로 타이르자 규는 내심 엄청 충격을 받은 모습이었다. 초등학교 내내, 그리고 중학교에 와서도 학습과 웅변, 글짓기, 서예 등 다방면에서 단연 두각을 나타내 교내외 각종 대회의 상을 휩쓰는 킹카이기에 아마도 태어나 처음으로 듣는 꾸중인지도 몰랐다. 잿빛으로 굳어내린 규의 표정이 그걸 말해주었다. 그에겐 어쩜 그 사건이 두고두고 트라우마로 남지 않길 바랄 뿐이었다. 그후 워낙 말없고 담백한 규의 성품은 더욱 과묵하고 진중해져 담임인 소현이 외려 반장의 기색을 살펴야만 하는 형국이 되긴 했으나 어쨌든 초임 교사, 소현이 맡은 1학년 1반과의 시간은 그렇듯 대과없이 지나 갔고 그녀의 아이들은 모두 2학년에 올라갔다.

그 중 특기할만한 일은 경민이 서울로 전학을 가게 된 사실이었다. 봄방학. 예고도 없이 민이 전학신고서를 들고 소현을 찾아온 날. 그날은 마침 근무조 당직일이라 소현은 교무실에서 새로 배정받은 2학년 담임반 아이들의 생활기록부를 정리하고 있었다. 그때 조신한 발짝 소리와 함께 누군가가 다가왔다. 민이었다. 단정한 교복에 교모까지 쓴 채.

어머, 경민이 어쩐 일이니. 그렇잖아도 그의 일기가 남긴 여운이 짙어 방학 중 한번 불러 면담을 해야겠다 단단히 벼르고 있던 터라 소현은 내심 너무도 반가웠다. 그러나 그가 내민 것은 이제 자신이 학교를 떠난다는 전학 서류가 아닌가. 상당한 충격이 아닐 수 없었다. 아끼던 제자를 잃게 되다니! 설혹 새로 맡게 된 담임반 학생은 못 된다 해도 교과 시간에조차 대면할 수 없게 된 영영 이별인 것이다. 소현의 마음은 서운함으로 어쩔 줄을 몰랐다. 그것이 정든 제자와의 첫 이별이었다.

경민이는 어디서든 귀염 받고 뭐든 잘 할거다. 공부 잘하고 글도 잘 쓰고 재주 많고 품행도 단정하고 뭐 하나 나무랄 데가 없지. 전학 가서도 새친구들이랑 학교 생활 씩씩하게 잘해야 한다. 소현은 민의 어깨를 꼬옥 안아주며 당부했다. 네에, 선생님. 작별의 서운함이 역력한 모습으로 민이 한지에 싸인 작은 꾸러미를 내밀었다. 이건 제가 만든 목각인데요…… 선생님 생각하며 다듬었어요. 적이 민망한 듯 모자를 벗어 꾸벅, 인사한 후 민은 마치 도망치듯 교무실을 빠져나갔다. 꾸러미를 풀어보니 나무로 다듬은 팔뚝만한 크기의 작은 목각이었다. 여린 윤곽의 섬세한 선이 돋보이는 작은 소녀상. 평소 학급을 꾸미던 솜씨대로 매우 정교하고도 유려한, 예사롭지 않은 작품이었다. 민은 그렇게 작별의 선물을 남긴 채 소현의 곁을 떠나갔다.

　가르친다는 일은 무엇일까. 소현에게 그것은 도도히 흐르는 넓은 강을 무사히 건너게 해주는 뱃사공의 역할이란 생각을 갖게 했다. 일년이란 시간을 단위로 각기 다른 성향, 다른 기질의 아이들을 오직 획일적인 틀 안에 몰아 넣고 무사히 이끌어 가야만 한다는 것. 그 과정에서 생기는 험난한 물살, 온갖 예기치 못한 일들의 발생을 묵묵히 감수하며 키를 잡고 그저 목적지를 향해 순탄히 나아가야만 한다는 것. 교사란 그런 모험이나 도강을 주도하고 이끄는 사공과도 같은 존재가 아닐까. 목적지에 이르면 함께해 온 정든 아이들 모두 다 떠나보내고 다시 또 새로운 아이들을 태워 먼 도하를 시작해야만 하는 외로운 사공. 부푼 설렘을 안고 보다 높고 새로운 세계로 떠나는 제자들은 그러한 스승의 마음을 알기나 할까. 제자란 다만 자신을 가르친 스승의 모든 것을 낱낱이 기억하여 자신의 뇌수 깊은 곳에 선명히 각인해 두는, 무한한 가능성을 지닌, 언제 어디서 무엇이 되어 만날지 모르는 두려운 목격자들. 소현은 요즘들어 왠지 자주 그러한 결론에 이르곤 했다.

　결혼하여 아이 둘을 낳고 8여년간 몸담고 있던 교직을 그만 둔 후 남편의 석사 과정을 위해 몇 년간을 해외에 머물다 돌아온 어느 가을, 그녀는 무작정 경의선 열차에 몸을 싣고 정든 고양군을 향해 달려갔다. 참을 수 없는 그리움 때문이었다. 신도시가 들어서 완연히 변모된 번화가를 지나 간신히 그 옛날 근무하던 학교를 찾아갔다. ㅇㅇ중학교. 교문의 현관만 바라보아도 뭉클한 반가움이 일었다. 낙후되어 우중충하던 교사가 완전히 신설된 새 건물로 바뀌어 너무도 생경한 느낌이었으나 교정을 에워싼 키 큰 낙엽송이 후르륵 낙엽비를 날리며 그녀를 반겨주었다. 정든 제자들의 모습이 떠올랐다. 얘들아, 다 어디갔니. 그녀의 소리없는 외침이 교정 곳곳을 울렸으나 아무런 응답이 없었다. 발길 닿는 곳마다 아이들의 모습이 눈에 밟혔다. 그녀의 눈에 눈물이 고였다. 어느 떠나간 연인이 그토록이나 그리울 수 있을까. 두 번 다신 그곳을 찾지 않으리라 다짐하며 소현은 쓸쓸히 그곳을 떠나왔다.

제자 민과의 35년만의 해후. 그것은 과연 성사됨이 마땅한 것일까. 처음 민의 전화를 받고 뛸 듯이 반갑고 회한이 차오르던 마음과는 달리 소현은 점차 옛 제자를 만난다는 게 더없이 두려운 일임을 알았다. 규와는 몇 년 차이로 등단, 스승과 제자가 각각 소설가, 시인으로 우연히 문단 행사에서 만난 이래 종종 서로 소식을 주고 받는 사이였고, 어느 스승의 날엔 뜬금없이 한아름의 꽃다발을 안고 소현을 찾아오기도 하는 규이기에 이미 어느만큼은 재회의 의미가 퇴색된 바 있었으나 이제 더 이상은 아니라고 소현은 생각했다. 예전의 스승과 제자가 극적으로 조우한다는 것. 그건 어쩜 추억의 보존을 위해선 참으로 위험한 일이 아닐 수 없었다. 오랜 시간이 흐른 후의 만남이란, 기억과 기억의 만남, 마음과 마음의 만남이 훨씬 더 중요하고 효과적이다. 까마득한 기억 속에 각인된 옛사람과 옛사람의 현상적, 물리적 만남이란 딱히 사제지간을 떠나서도 그리 바람직한 일은 아니라는 게 평소 소현의 소신이었다.

 소현이 장편을 연재하는 문예지 화보 사진을 보곤 긴가민가 의아해하며 잡지사에 전화를 걸어 소현의 소재를 확인한 민의 음성엔 짙은 반가움이 묻어났다. 샘, 저 기억하시나요. L중 1학년 마치고 전학 갔잖아요. 그때 샘께서 전학 가서도 공부 잘 하라며 안아주신 게 생각나요. 그럼 생각나고 말고! 소현도 감격에 겨워 어쩔 줄을 몰랐다. 전화선을 타고 들려오는 음성은 까까머리 시절의 음성 그대로인데 그새 무려 35년이란 세월이 흘러갔다니! 아득한 시간의 흐름에 소현은 가슴이 먹먹해왔다. 민은 그녀의 예상대로 매우 유명한 각자장이 되어있었다. 국내 유수 대학 행정학과를 나와 한동안 직장생활을 하며 부업으로 인테리어 일을 병행하여 한때는 상당한 돈도 모았으나 타고 난 끼는 그도 어쩔 수가 없었다. 마침내 오랜 세월 꿈꿔 오던 각자刻字를 시작하려 모든 걸 정리하곤 산골로 내려와 몇 년에 걸쳐 직접 황토집을 지었다. 남들은 돈을 들여 단시일에 완공할 것을 몇 배나 더 걸려

한 칸 한 칸 손수 지은 것이다. 강한 투지와 집념이 이뤄 낸 성과였다. 작업을 하는 틈틈이 늘 마음 속에서 타오르던 시 공부도 시작했다. 우연히 이름난 시인 두 사람이 그의 산방 이웃인 것도 큰 영향을 미쳐 은연중 그의 시작詩作에 많은 격려와 도움을 주었고, 몇 해 전 그 또한 일간지 신춘문예를 통해 등단, 꽤 이름난 시인이 되었다.

샘, 제가 시를 안 썼다면 샘을 만날 수 있었을까요. 민의 말은 사실일 것이다.

저 옛날 척박한 도심의 변방 어느 중학교 한 반에서 담임을 포함, 신춘문예 출신 글쟁이가 무려 세 명이나 배출되었다는 사실은 그저 무심히 흘려버릴 일만은 아니라고 소현도 잠깐 그런 생각이 들긴 했다. 샘은 경민의 시가 읽고 싶다. 전화선을 통한 소현의 말에, 샘, 우선 제 시집 보내드릴게요. 근데 샘, 명규랑 산방에 꼭 놀러오십시오. 그 친구도 중1때 보곤 한번도 못봤네요. 샘. 뵙고 싶어요. 그땐 너무너무 젊고 아리따우셨는데……. 팔색조. 샘 별명이 팔색조란 건 기억하세요? 거의 매일 옷을 다르게 입고 오셔서 지어진 별명이에요. 아침 조회 때마다 애들은, 오늘은 또 뭘 입고 오시려나, 온통 샘의 패션에만 관심을 갖곤 했거든요. 그땐 시골에 TV도 없던 시절이라 저희에겐 샘이 완전 아이돌 같은 존재였어요.

민의 말을 들으며 소현은 기가 막혔다. 아무리 초임이라곤 해도 소위 교사라는 사람이 학생들에게 겨우 외모나 패션으로만 시선을 끄는 아이돌 같은 존재였다니……. 교사로서 애들에게 과연 무엇을 줄 수 있었을까. 가르침은 전혀 기억 못하고 오직 패션만을 기억하는 나의 목격자들!! 때늦은 수치감에 얼굴이 확 달아올랐다. 아이들의 부모는 신촌역 부근 노점에서 종일 직접 기른 채소를 팔며 고생하는데 철부지 여교사는 신촌 패션가를 누비며 의상에나 신경 썼던 교사로서의 그 무개념을 어찌 용서 받을 수 있으리. 그러기에 아이들은 늘 그녀의 스승이었다. 어린이는 어른의 아버지. 그녀에게 그건 변함없는 진리였다.

며칠 후 민에게서 자신의 시집과 함께 긴 사연의 편지가 왔다.

'나이 들어 늦깎이로 시단에 나온 저의 첫 시집을 선생님께 올립니다. 이렇게 좋은 날이 오다니……. 선생님 곁을 떠나 서울로 가던 날이 생각납니다. 산에 꿀을 베러 가면 눈에 띄는 나무 토막을 주워 선생님 모습 떠올리며 몇날 며칠 나무를 깎고 다듬어 만든 저의 첫 소녀상을 선물로 드리고 오던 날, 제 어깨를 꼬옥 안아주시던 선생님의 따스한 손길 잊을 수가 없습니다.

하교 때면 짓궂은 아이들이 동네 담벼락에 선생님 욕을 하는 낙서가 많았습니다. 인기가 많은 선생님이라 유독 더 낙서도 많았던 모양입니다. 때문에 낙서를 지우고 다니느라 제 손엔 늘 날카로운 연장이 들려있곤 했습니다. 낙서를 하는 곳이 주로 기차가 지나가는 길목이라 행여 사람들 눈에 띌까 얼마나 조바심을 했는지 온몸에 진땀이 나곤 했습니다. 그곳은 특히 밤까시 마을이라고 공동묘지가 있던 곳이라 날이 어두워지면 얼마나 무서운지 머리털이 곤두설 지경이었지만 하다못해 선생님 성함의 일부라도 지워야만 속이 후련해 기어이 담벼락에 들러붙어 낙서를 빡빡 긁어대곤 했습니다. 나중엔 아예 작은 페인트통을 가져다 담 밑에 숨겨놓곤 붓에 페인트를 듬뿍 묻혀 낙서를 뭉개는 방법을 쓰기도 했습니다. 누구라도 선생님 욕을 하는 게 너무도 싫고 화가 나서였습니다.

중1 때를 생각하면 선생님 모습이 떠올라 지금도 늘 행복합니다. 저희들에게 독서의 즐거움, 그리고 시와 소설을 통한 무한한 문학적 감성을 일깨워주신 선생님. 전학을 가서도 못내 선생님을 잊지 못해 늘 편지라도 쓰고 싶은 마음이었으나 주소를 알 길이 없었습니다.

고1 봄방학 때였나 봅니다. 종로구 사직공원의 도서관 앞에 줄을 서서 긴 차례를 기다리다간, 문득 선생님 본가가 사직동 부근이었다는 생각이 났고, 바람결에 들은 소문으로 그새 결혼하여 홍은동 문화촌 아파트에 사신다는 얘기가 생각났습니다. 긴 줄을 서있다 말고 불현듯 열에서 빠져나와 마치 무엇에 홀린듯 문화촌을 향해 걸음을 옮겼습니다. 사직동에서 문화촌은 무악재 고개만 넘으면 금방 가닿는, 그리 먼 거리가 아니었고 무엇보다 순간 선생님이 너무도 보고 싶었습니다. 먼지 이는 거리를 걷고 또 걸어 홍은동 입구 유진상가에 이르렀습니다. 혹시라도 쇼핑하는 선생님을 우연히라도 만날 수 있을까 하는 기대에 상가 여기저길 기웃대며 선생님 모습을 찾기도 했으나 허사였고, 마침내 저는 문화촌 아파트 단지로 발을 들였습니다. 다행히도 5층짜리 서민 아파트가 한 10여동쯤 있는 작은 단지였습니다. 아파트 진입로 언덕빼기를 오르며 작은 가게마다 들려 선생님의 모습을 묘사하며 혹시 아시는 분이 있는지를 물었습니다. 그러나 돌아오는 반응은 한결 같이 별로 시원치를 않았습니다. 각오를 단단히 하곤 이번엔 아파트의 각 동을 돌며 오가는 입주민을 붙잡곤 선생님의 인상과 인적 사항을 말하며 혹시 이런 사람 아느냐 물었습니다. 마침내 한두 여자가 답을 했습니다. 분명히 여기 살았었는데 얼마 전에 이사를 갔다고……. 온몸의 맥이 탁 풀려 그 자리에 그만 털썩 주저앉고 말았습니다. 너무도 허탈하고 쓸쓸하여 곧 쓰러질 것만 같았으나 거기서 다시 간신히 발길 돌려 경의선을 타고 집으로 돌아와야만 했던 날. 그날은 제 생애 결코 잊혀지질 않는 매우 쓸쓸한 봄날의 어느 하루로 기억됩니다.

그런데…… 그런데 이제 문학으로 35년만에 마침내 선생님을 찾았습니다. 이젠 절대 길을 헤매지 않고도 선생님을 뵈올 수 있다니…… 믿어지질 않는 기적만 같아 가슴이 뜁니다.

시집과 함께 동봉된 그의 편지를 읽어가는 소현의 가슴에 뭉클한 회오의 물살이 밀려왔다. 배를 태워 강을 건네 준 수많은 아이들 중 어느 한 명이 그토록 애타게 사공을 그리고 있었다니……!! 그는 과연 소현의 무엇을 그리워한 것일까. 24세 초임 여교사의 청초하고 젊은 모습, 바람이 불면 날아갈 듯 가냘프고 여릿한 자태. 맵시 있는 옷차림. 단지 그런 것 뿐만은 아니었을지……. 아니 제자들, 그들은 적어도 소현의 그런 모습만을 상상하고 기억하고 있음이 분명했다. 그렇다면 이젠 나이 들어 근 60에 가까운 소현은 이제 결코 그들을 만나서는 안 됨이 답이다. 아이들은 아직도 초임 교사 소현의 허상이 남긴 분홍빛 환상의 덩어리만을 가슴에 품안고 있을 것이다. 하지만 그건 난데없이 불어온 바람이 구름을 흩듯 순식간에 부서지고 마는 것. 그걸 깨뜨리는 건 진정 시간의 문제일 뿐이다.

편지에 이어 소현은 민의 시집을 펼쳐들곤 한 편 한 편 그의 시를 읽어갔다. 민의 시는 스스로 몸담은 자연친화적 삶, 철저한 자기검증적 절제미가 돋보이는 수작이었다. 엄혹한 생태적 삶에서 터득한 그만의 고유한 사고와 철학. 그것이 오롯이 배어나는, 마치 자신의 영과 육의 진액을 짜내어 쓴 듯한 절대고독, 치열한 내공이 느껴지는 주옥같은 시편들. 실로 범상찮은 시혼의 소유자였다. 그의 시를 읽고 느낌을 받고 감동하고, 그리고 그후 그 시를 쓴 시인을 만난다는 건 대저 무슨 의미가 있을까. 이미 시를 통한 교감만으로 그 모든 것을 체감한 느낌이거늘!

민이 알려준 그의 작업장은 경기도 A시 이름난 호숫가의 아늑한 산방이었다. 몇 년에 걸쳐 본인이 직접 지은 버섯 모양의 황토방 세 채가 각기 그 용도와 특색을 달리하며 고즈넉이 숲을 메우고 있는 매우 독특하고 예술적인 공간. 그곳이 바로 민이 홀로 거주하며 각자刻字하고 시를 짓는 창작의 산실이었다. 그러나 오늘 그는 당연히 부재였다. 샘, 이번 주 월·화요일은 그간 제가 지은 한옥의 현판 제작, 주련柱聯 작업 땜에 지방에 가야 해요. 나머지 날은 샘 위해 전부 비워 놓을게요. 민이 미리 알려준 정보이기에 짐짓 아무도 없는 월요일을 택해 소현 혼자 찾아온 것이다.

애초엔 소현과 그녀가 아끼는 같은 지역 후배 시인 희, 그리고 1학년 1반 반장, 규. 이렇게 3인이 함께 동행하려던 계획이었으나, 아무리 생각해도 맘이 내키질 않는 소현의 일정 유보에 따라 약속은 그만 전면 취소되었다. 규는 그간 사업으로인해 시와는 좀 거리가 먼 삶을 살아 왔기에 새로운 자극과 활력을 위해서도 민을 꼭 만나고 싶어했으나 다음 기회로 미룰 밖엔 없었다. 소현은 단호한 결심으로 규에게 전화하여 민이 초대한 산방 방문 일정을 보류했다. 그리곤 민이 지방에 내려가 부재라고 알려온 월요일 아침, 그녀는 무작정 집을 나와 마트에서 한 아름의 과일과 간식을 산 후 민의 산방을 향해 차를 몰았다. 서울에서 근 한 시간 반이면 닿을 수 있는 거리에 제자, 민이 살고 있다니!

주인이 없어 텅 빈 산방은 고즈넉한 정적이 감돌았고 확 트인 넓은 정원에 민이 직접 지었다는 세 채의 특이하고 예쁜 황토방이 낯선 객을 맞아 주었다. 무작정無作亭. 널찍한 황토방으로 다가가니 힘찬 필치의 현판이 눈에 들어왔다. 무작정無作亭이라! 소현의 입가에 엷은 미소가 떠올랐다. 언젠가 양산 통도사 사명암에서 본 작은 정자, 월명정의 현판이 바로 '무작정'이었다. 자유롭게 살려면 일을 만들지 말아야 한다는 뜻에서 정자 이름을 그렇게 지었다던가. 때마침 불어온 바람에 무작정 처마에 달린 물고기 형상의 풍경에서 청아한 음향이 들려왔다. 끊길 듯 이어질 듯 아련히 들려오는 풍경 소리. 그것은 아무도 반길이 없는 텅 빈 산방, 그곳의 낯선 방문객을 맞는 유일한 반김이었다.

무작정의 드넓은 창을 통해 안을 들여보는 소현의 눈에 솟대를 비롯한 온갖 형상의 목각품이 들어왔다. 그 모든 것이 명인의 손끝에서 빚어진 예술품. 이름 난 마스터, 그의 피와 땀과 혼이 어린 민의 작품일 것이다. 그 중 가장 눈에 띄는 것이 짙은 갈색 목판에 수많은 한자가 새겨진 대형 편액이었다. 마치 한 땀 한 땀 목판에 수를 놓듯 아로 새긴 정교한 각자의 글자들을 짚어가던 소현은 문득 아득한 현깃증을 느끼며 황토방 벽에 기대섰다. 자신의 모든 것을 바쳐 꼭 하고 싶은, 아니 꼭 해야만 하는 무엇을 한다는 건 이토록 가혹한 것인가. 가족과 생업. 잘 나가던 모든 걸 접고 산속에 직접 황토집을 지어 스님이 아닌 남자가 스님처럼 홀로 살아가는 이유. 문득 그의 시, 「얼음 발자국」*의 한 대목이 떠올랐다.

> 혹한을 견디기엔 독신이 너무 길다
> 지워야 할 흔적과 지우지 못한 생각은
> 사무친 죽음과도 같아서 동사(凍死)후에야 눈부시다*

산방을 둘러보는 소현의 가슴에 유독 그의 시 한 구절이 얼음 발자국처럼 선연한 자국을 남겼다.
찬찬히 민의 작품을 감상하며 마당을 몇 바퀴나 돌았을까. 문득 뇌리를 스치는 빈 항아리의 존재가 떠올랐다. 그가 보내 온 시집에서 읽은 외딴집 우체통의 빈 항아리. 분명히 빈집의 우편물을 수취하는 장독대의 큰 항아리가 있을 것이다. 소현은 그것을 찾아 마당을 두리번거렸다. 금방 눈에 띄었다. 그녀는 살며시 항아리로 다가가 뚜껑을 열어본다. 아직 오전이라 수취물이 아무 것도 없는 빈 항아리. 소현은 그 안에 마트에서 사 온 과일과 간식, 그리고 자신의 신간 한 권, 그리고 그 위에 얌전히 접은 메모지 한 장을 접어 넣었다.
'민아, 너 없는 월요일에 잠시 들렸다. 무작정 오느라 우선 마음만!! 꼭 만나지 않아도 그리움만으로 충분한 우리. 좋은 시 많이 써라. 샘이 늘 지켜볼게.'

외딴 집을 떠나오는 마음에 뭔가 흔연함이 가득 차올라 소현은 힘껏 엑셀을 밟으며 가는 길을 재촉했다. 하늘의 무지개 바라다보면 나의 가슴은 뛰노나니. 규, 민…… 너흰 두렵고도 사랑스러운 나의 목격자들, 영원한 나의 까까머리 중학생, 그리고 나의 찬란한 무지개. 언제나 내 가슴을 뛰게 하는…….

핸들을 잡고 아이들 모습을 떠올리는 그녀의 입가에 알 수 없는 미소가 스쳐갔다.

*조경선 시집 『목력』 19쪽 「얼음 발자국」 인용

비누풀꽃

두 사람은 2호선 강변역 시외버스터미널에서 와수리행 버스를 탔다. 이심전심 시내도 어렴풋이 생각해오던 계획을 서하가 먼저 조심스레 내비쳤고 둘은 동시에 뜻이 맞아 가족 전원이 참배할 현충일을 한 주 앞둔 주말, 마침내 와수리행 계획을 단행하기에 이르렀다. 버스엔 빈자리가 많아 다행이었고, 두 사람은 한 좌석에 나란히 앉았다. 그의 고백이 있은 후 어쩜 두 사람은 암묵적으로 서로의 마음을 재확인하는 시간이 필요했을지도 모를 일이었다.

작년 가을 시내 혼자 왔던 길을 서하와 둘이서 오다니! 당시 그녀로선 상상조차 할 수 없던 일이었다. 삶이란 정말 한 치 앞을 헤아릴 수 없는 불가사의임을 절감하는 시내의 눈에 후룩, 물기가 배어났다. 그땐 단풍이 절정인 가을이었고 지금은 초여름. 불과 몇 개월만에 상황은 완전 바뀌었고 민하가 이제 이 세상에 부재한다는 사실이 시내는 아직 도저히 믿겨지질 않는다.

　버스가 신길로 접어 들어 차체의 요동이 심해지자 서하가 한 팔을 올려 시내의 어깨를 가만히 끌어안았다.

　잠시 눈 감고 제 어깨에 좀 기대요. 멀미가 날 수도 있으니.

　바로 그런 점이 그의 형, 민하와 너무도 닮아 놀라울 정도였다. 시내는 말없이 서하의 어깨에 머리를 기댄 채 긴긴 상념에 빠져들었다.

　시내의 아이디인 비누풀꽃. 그것이 석죽과의 여러해살이 식물이라는 걸 알게 된 것도 민하 덕분이었다. 학명, 사포나나(saponana)로 분류되는. 그 옛날 비누가 귀하던 시절, 비누의 대체물로도 그 역할을 톡톡히 해 온 상당히 유용한 식물. 일찍이 취학 전 유년기 시골 외갓집 마당에 가득 피어난 비누풀꽃과의 인연으로 그는 꽃의 이름이며 꽃에 얽힌 많은 정보를 알고 있었다. 둘이서 수도권의 어느 호반 도시를 트레킹 하던 중, 시내로선 전혀 본 적 없는, 얼핏 청초해 보이나 그닥 눈에 띄는 화려함이라곤 없는 다섯 장의 하얀 꽃잎과 연분홍 꽃술 그리고 유독 목이 긴 꽃대가 특징인 이름 모를 소박한 꽃을 가리키며 그는 시내에게 그 꽃의 이름이 비누풀꽃이라고 말해주었다. 민하는 전공이 이공계였으나 의외로 나무나 꽃에 관심이 많은 남자였다. 기본적으로 살아 있는 모든 생물체에 나름의 애정을 가진, 성격 자체가 워낙 봄버들처럼 잔잔하고 섬세하고 유연한 데가 있는 남자였다. 운동을 좋아하는 경향으론 참으로 의외의 면을 지닌 성격이었다.

한동네에서 자라 초등학교 때부터 고교 시절까지 줄곧 얼굴을 알고 있던 민하였으나 정작 정식으로 그와 인사를 나누고 소통하며 지내게 된 건 대학에 들어간 그해 봄, 고교 동창 모임에서였다. 그러니까 두 사람이 초등학교에서부터 고교까지 같은 학교 출신임이 입증되는 자리였다.

초중고 동창인데 우리 서로 말 트자. 민하의 첫 마디는 그러했다. 근데 넌 나 기억이나 하고 있니.

그게 그의 두 번째 말이었다.

운동을 좋아하여 늘 교실보단 학교 운동장에서 땀에 흠뻑 젖은 모습으로 더 기억되는 남자애였다. 학급 대표 축구 시합이라든가, 릴레이 종목 같은 체육 경기에서 더 자주 눈에 띄던 아이여서 공부는 언제 하나, 마음 한구석, 은근히 경원시하는 면도 없진 않았다. 한데 그는 의외로 장안의 소위 스카이대, 이른바 명문대에 진학해 있어 시내는 내심 적이 놀랐다.

실은 네게 무쟈게 관심 있었어, 이제서야 말하지만…….

대학에 들어와 다시 만났을 때 민하는 시내에게 그렇게 고백했다. 시내 또한 내심 상당히 호감을 갖고 있던 동급생이긴 했으나 워낙 새침데기라 표현을 못했을 뿐이었다. 그때그때 자신의 감정을 정직하게 표현하기! 그후로 시내는 스스로에게 그런 모토를 내걸며 결의를 다지곤 하는 습성이 생겼다. 어쩜 그런 연유로 대학에 들어와 동창회에서 극적으로 재회한 민하에게 보다 솔직한 태도를 취할 수가 있었던 것이리.

두 사람은 급속도로 가까워졌다. 캠퍼스 커플은 아니었으나 학교가 가까운 둘은 서로의 교정을 마치 자신의 학교인양 드나들며 꿈같은 사랑을 키워갔다. 단 한번도 마음 흔들린 적이 없을 만큼 밀착된 관계임이 때론 불안감을 안겨줄 만치 오직 서로에게만 몰입된 사랑이었다. 그러다 민하가 군입대를 하며 그들에겐 처음으로 만남에 긴 공백이 생겼다. 그러나 마침 그땐 시내 또한 대학에서 병원으로 파견된 임상실습기간이라 하루가 어찌 지나가는 줄을 모르게 바쁘던 나날이었다.

사춘기 즈음, 태어날 때부터 심장이 약했던 하나 밖에 없는 남동생을 잃고 난 이후 시내는 인간에게 닥치는 온갖 질병과 그로 인한 고통, 아픔에 대해 유독 민감한 감응 현상을 보이는 성향이 짙어 갔고, 결국 그녀는 대학에서 전공으로 간호학을 선택했다. 어린 동생을 보다 포근히 보듬어주지 못한 짙은 연민과 회한이 늘 그녀의 잠재적 의식을 일깨운 때문이었다.

그러나 간호학 전공은 병원 실습이 필수였고, 그 과정은 단순한 노력만으로는 안 되는 예상외의 장애와 함정이 암초처럼 곳곳에 숨겨져 있어 참으로 견디기 힘든 과정이었다. 의사들의 가벼운 농담 정도는 예사로 넘긴다 하더라도 남자 환자들의 턱없이 과도한 요구, 때론 성적 수치감을 불러일으키는 과잉 행동 등은 실로 참기 어려울 때가 많았다. 그러나 그 무엇보다 가장 힘든 건 소위 태움이라고 말하는 수련 과정, 선배 간호사들의 갑질에 가까운 횡포였다. 교육이라는 미명하에 저질러지는 거의 학대에 가까운 온갖 야비한 행태는 더없이 은밀하고도 집요하여 극도의 모멸감을 안겨주었다. 시내의 간호대학이 소속되어 있는 본교 의대로 실습을 나가 환경적인 낯설음은 전혀 없었으나 의외로 상하 선후배간 위계 질서가 무섭도록 엄혹한 현실에 그녀는 절망했다. 선배 간호사들의 이중성은 소름이 돋을 만큼 고단수여서 아무도 상대의 진심을 알아차릴 수 없는 모호한 상황의 연속이었다. 선배들은 그녀를 젖은 장작이라 수근거렸다. 태워도 태워도 연기만 나고 쉽게 타들어 가지 않는 젖은 장작. 표정 하나 까딱 않고 꼿꼿이 무언의 항변으로 맞서는 그녀가 무섭다고 대놓고 그녀를 소외시키고 압박했다. 투명인간. 아무도 그녀가 묻는 말에 반응을 안 보였고 대꾸하지 않았다. 미칠 노릇이었다. 그러나 그녀는 끝내 미치지 않았다.

간호사가 주사도 제대로 못 놓고! 뭘 배운거니. 완전 무뇌아 아냐.

동료 간호사들은 대놓고 그녀를 왕따시키기 일쑤였다.

유독 혈관이 숨고 잘 안 보여 주사 놓기 힘든 환자는 모두 그녀의 몫이었고 까다롭고 별난 중환자는 전부 그녀가 담당해야 하는 부당함에도 그녀는 조용히 자신의 몫을 담당하며 침묵했다. 때론 남자 환자들에게만 꼬리 치며 친절히 대한다는 터무니 없는 소문으로 모함하기까지에 이르렀으나 그녀는 일체 맞대응을 하지 않았다. 혼자 화장실에 들어가 펑펑 눈물을 흘린 적은 있어도, 그래도 끝내 그 모든 수모를 다 견디며 살아남았다.

영혼이 재가 될 때까지 태운다는 의미의 태움. 그건 너무도 교묘하고 잔혹하여 당장이라도 실습을 그만 두고 싶은 생각을 떨쳐 버릴 수 없었으나 시내는 안간힘으로 버티며 온전히 그걸 참아내었다. 힘들 때마다 그녀는 민하의 고된 군 생활을 떠올리며 마치 자신이 힘들수록 민하의 고통이 상쇄되기라도 하듯 외려 더 굳건히 잘 견뎌내는 방법을 터득해 갔다.

민하의 군부대는 강원도 철원군 서면 와수리, 민통선에서 최단거리인 푸른 별, 청성 6사단 최전방, 수색대대였다. 전방에서도 최전방으로 배치된 민하의 신병이 염려되어 시내는 한동안 좌불안석의 나날이었다. 최전방 중에서도 가장 최전방이라 할 수색대대. GOP 철책 근무와 비무장 지뢰 지대의 수색대로서 가장 위험한 임무를 수행해야만 하는 최정예 요원들. 그러나 군사우편으로 전해오는 민하의 편지는 너무도 잔잔하고 평화로운 내용 일색이라 시내는 도무지 어리둥절, 실감이 나질 않았다.

2학년 가을 학기 임상 실습을 마치고 잠시 짬이 나자 시내는 이윽고 민하의 군부대가 있는 와수리행 시외버스에 몸을 실었다. 여차하면 1박을 해야 할지도 모른다는 우려에 큼직한 가방을 열고 이것저것 필요한 것을 챙겨넣는 그녀의 가슴에 쏴아, 알 수 없는 물살이 밀려왔다. 초봄에 입대한 민하에게 처음으로 가는 면회였다. 아니 그녀의 전 생을 통해 단 한번도 없었던 일을 계획하고 있는 것이다. 일주일에 두어 통, 그간 줄곧 편지는 주고 받았으나 서로의 생활이 바빠 좀체 면회 갈 엄두를 내지 못했다.

그러다보니 어느새 성큼 가을이었다. 민하가 가장 좋아하면서도 유독 민감해지는 계절이라 지독히 가을을 타는 남자라고 시내는 자주 그를 놀려대곤 했었다.

무슨 남자가 그리 계절을 타고 그래.

그럼 남자는 뭐 사계절 내내 돌처럼 끄떡 없고 무감각해야만 하는거야. 때론 돌멩이도 세찬 물살에 깎이고 떠내려가기도 하던데.

그럴 때면 허공을 향해 가늘게 담배 연기를 뿜어내며 민하는 그렇게 응수하곤 했다. 이 가을을 그는 어떻게 보내고 있는 것일까. 규율과 통제, 억압 속에서 숨이나 제대로 쉬며 지내고 있을까.

시외버스에 몸을 싣고 와수리를 향해 달려가며 민하에 대한 우려로 시내는 바싹 마음이 조여왔다. 버스 창을 통해 스치는 와수리의 단풍은 숨이 막힐 만큼 절정이었으나 좀체 눈에 들어오질 않았다. 오직 좀 있음 만날 민하를 향한 온갖 상념에, 빼어나게 아름다운 풍경조차 단지 그저 하나의 오브제로 다가올 뿐임이 야릇했다. 시외버스 종점, 와수리에서 내려 철원 6사단 청성부대까지는 택시를 타고 달려갔다. 마음이 급해 한시라도 더 지체할 수가 없었기 때문이었다.

이윽고 택시 차창을 통해 청색 별모양의 마크 아래 제6 보병사단 수색대대라고 새겨진 대형 표지판이 바라보였다. 택시를 내리는 시내의 다리가 조금 후들거렸다. 태어나서 처음으로 최전방 군부대로 면회를 온 젊은 여자. 그건 어쩜 당연한 일일 것이다. 시내는 심호흡을 하며 보초병이 지키는 철문 초소까지 간신히 걸음을 옮겨갔다. 너무도 앳된 모습의 초병이 경례 자세를 취한 후 시내를 불러세웠다. 검문 절차였다. 모든 게 너무도 낯설고 생경하여 시내는 침착성을 잃고 허둥거렸다. 그러나 젊은 사병은 더없이 친절한 미소로 면회소의 위치를 알려주며 시내에게 그곳으로 가 기다리면 언제이고 민하가 나올 것이라 얘기했다.

면회소는 생각보다 상당히 정돈이 잘 되어 있고 아담한 분위기라 맘이 놓였다. 담당 사병을 통해 면회를 신청한 후 주위를 둘러보니, 편안히 앉아 차를 마시게끔 최신형 냉온수기와 온갖 종류의 티백, 그리고 신문과 신간 서적 등이 비치되어 있어 매우 안

정감을 안겨 주었다. 가족 단위로 면회를 온 듯한 몇몇이 보일 뿐, 면회소는 꽤 한산한 편이었다.

시내는 자신이 준비해 온, 민하에게 줄 선물 꾸러미를 살펴보았다. 정갈하게 썰어 타파통에 넣어 온 과일, 초콜릿, 그가 좋아하는 시나몬 롤빵, 그가 원하는 책 등등……. 그리고 그에게 일박의 외출이 허락된다면 함께 지낼 소품들이 가득 담긴 큼직한 에코백과 여행 가방. 그것이 전부였다. 민하는 전화로 말했었다.

요즘은 웬만하면 다 나가서 사먹으니 괜한 수고 하지마. 괜히 무거운데 이것저것 들고 오지 말라고. 알았지. 시내, 니 얼굴만 보여주면 돼!

그의 음성은 평소 그답지 않게 조금은 들떠 있는 느낌이었다. 첫 휴가 이후, 몇 개월만의 만남이던가. 시내는 갑자기 그가 너무도 간절히 보고 싶어 만약 그가 10초 안에 마술처럼 즉각 그 모습을 드러내질 않는다면 금방이라도 곧 숨이 멎고야 말 듯 호흡이 가빠왔다. 오늘 밤을 혹여 그와 함께 보내게 된다면 나의 모든 것을 그에게 주리라. 시내의 생각이 거기에 이른 순간, 정말 환각처럼 민하가 면회실의 문을 열고 그 모습을 드러내었다. 짧게 깎은 머리, 까맣게 그을린 얼굴, 더욱 날렵해진 야윈 몸매. 아, 왔어. 시내의 음성에 가벼운 떨림이 일었다. 너무 오래 기다린 거 아냐.

그리운 음성임이 분명했다.

잘 지냈지. 정말 건강한 거야.

시내는 자신도 모르게 그의 품으로 안겨들어 그의 가슴에 얼굴은 묻은 채 물었다.

근데 많이 말랐네. 허리가 훨 가늘어진 거 같다.

시내가 두 팔로 그의 허리를 안으며 웃음을 머금은 채 말했다.

요즘 매일 사격, 각개전투 훈련 중이라 다이어트 제대로지. 근데 시내는 더 예뻐졌네. 뭐 좋은 일 있는 거야. 민하가 그제야 시내의 얼굴을 살포시 내려다 보며 웃음 띤 얼굴로 물었다. 세상을 다 녹일 듯 한없이 포근하고도 감미한 눈빛. 그건 지상에서 오직 한 사람, 그만이 지니고 있는 고유한 눈빛이었다.

두 사람은 부대를 벗어나 마을 버스를 타고 무작정 와수리의 가장 중심가인 읍내로 빠져나왔다. 2차선 도로를 사이에 두고 우체국과 음식점, 제과점, 편의점 등 고만고만한 가게들이 가지런히 줄을 이은 전형적인 소읍의 풍경이 더없는 친밀감을 안겨주는 거리였다. 민하는 시내의 손을 꼭 잡고 좀체 놓아주려 하질 않았다. 군 행사 기간이라 외박 명령이 떨어지지 않아 적이 실망한 상태였기에 촌각을 아껴 만남의 시간을 보다 길게 연장하는 수밖엔 없는 상황이었다. 그들은 일단 조용한 호프집으로 들어가 치맥을 주문한 후 식탁에 마주 앉았다. 민하가 부대로 돌아갈 때 튀김 닭 열 마리 정도를 넉넉히 사서 들여보낼 작정이었기에 시내에겐 호프집이 가장 먼저 눈에 띄었을지도 몰랐다.

옛날 어머니들은 군대 간 아들 면회 갈 때면 떡을 한 시루 해서

비누풀꽃 105

이고 가고 그랬다는데……. 요즘엔 뭐가 젤 좋을까.

시내가 두 개의 포크로 닭살을 발라 민하의 접시로 옮기며 물었다.

요즘 애들은 떡 그런 거보다 외려 햄버거를 더 좋아해. 튀김 닭 들고 가긴 넘 부피가 크고. 나두 여기 와서 첨 성당 나간 게 매주 햄버거와 콜라 한 캔씩을 준다는 정보에 혹해서였거든.

민하가 가벼운 웃음을 터뜨리며 말했다.

어머, 요즘 너 성당 나가니?

몰랐구나, 내가 미처 얘길 못했나 보네. 첨엔 햄버거 먹으려고 다녔는데…… 물론 시내 니 생각이 나서도 성당을 선택할 수밖엔 없었지. 그랬는데 다니다보니 어느새 분위기에 푹 빠져든거야. 뭐 거창하게 성령 어쩌구 그런 건 모르겠고, 아마 시내의 기도 힘이 컸었나봐. 매주 가게 되더라고. 신부님도 넘 맘에 들고 해서 최근엔 봉사 활동도 하고 내친 김에 영세도 받으려고. 요즘 예비자 교육 받고 있어.

고단한 군 생활에서 매주 미사에 참례하다니! 시내는 너무나 가슴이 벅차 올라 할 말을 잃었다.

낼이 주일이잖아. 성당에서 행사가 있어. 신부님 영명축일이거든. 성가대에서 내가 솔로를 맡아 낼은 꼭 미사 가야 해. 시내에겐 넘 미안하다.

그가 그녀에게 맥주를 따라주며 진정 아쉬운 낯빛이 되어 말했다.

　미안하긴. 난 넘 좋은데. 니가 성당에서 성가를 부르다니. 그것도 솔로! 너무 듣고 싶다. 나 오늘 서울 안 가고 여기서 자면 안 될까. 나도 낼 군 미사 가고 싶다. 물론 민간인 참례도 가능한 거겠지.

　시내가 눈을 빛내며 말하자 민하는 적이 놀란 듯, 그러나 조금은 염려스런 낯빛이 되어 응수했다. 그럼 너 혼자 여기 펜션에서 자야 하는데 괜찮겠어. 집엔 얘기하고 온거야? 사실 엄마에게만 살짝 귀띔 해두고 왔지. 안심하시라고. 아무 일도 없을테니…….

　시내가 눈을 살풋 내리깔고는 두 개의 포크로 치킨을 발라내며 답했다.

　정말 그래도 괜찮겠어.

　그런 시내의 모습을 응시하며 민하가 다시 물었다.

　그렇다니까.

　고개를 들며 응수하는 시내와 민하의 눈빛이 마주쳤다. 잔잔한 웃음 속에 서로가 서로를 굳게 믿는 무언의 신뢰가 담긴…….

　아쉽게도 따로 잘 수밖엔 없으니 아무 일도 없긴 하지. 민하가 가볍게 웃음을 터뜨리며 힘껏 잔을 부딪쳐 왔다.

　그들은 호프집을 나와 민하의 가족이 면회 올 때면 묵고 가곤 했다는 계곡 주변 펜션을 향해 산길을 걸어갔다. 가을 저녁의 숲길은 소슬 바람과 함께 점차 서늘한 기운이 돌아 시내는 가방에서 얇은 자켓을 꺼내 걸쳐 입었다.

많이 추워?

시내의 손을 꽉 움켜쥔 민하의 손길에 점점 더 강한 힘이 느껴지는 순간 민하가 갑자기 우뚝 걸음을 멈추더니 시내를 와락 끌어 안았다. 산길이 꼬부라지는 오솔길 모퉁이. 그곳은 인적이 드물고 호젓하여 아무도 그들의 모습을 눈여겨 볼 수 없는 장소였다.

너무너무 보고 싶었어.

웅얼거리듯 토해내는 민하의 입김은 뜨거웠다.

나두…….

그의 단단한 가슴에 얼굴을 묻고는 꿈을 꾸듯 시내가 말했다. 순간 민하의 입술이 강한 힘으로 시내의 입술을 파고 들며 숨막힐 듯 둘은 하나 되어 좀체 떨어질 줄을 몰랐다.

펜션의 주인 여자는 한눈에 민하를 알아보곤 반색을 하며 그들을 맞았다. 콸콸 흐르는 계곡의 물소리가 귀를 때려오는 프랑스풍의 아담하고 정갈한 이층 펜션. 곱게 손질된 잔디밭 아래엔 계곡이 흐르고 먼 산이 아득히 바라보이는 풍광 빼어난 곳이었다. 주인 내외가 기거하는 별채 옆으론 장독대와 수돗가, 유독 선명한 빛으로 빨갛게 혹은 노랗게 물든 수목들이 꽃밭을 에워싸듯 가지런히 서있는 마당이 언젠가 한 번은 꼭 와 본 듯한 묘한 기시감을 안겨주었다. 어린 시절 외가, 시골집 마당, 혹은 영화에서나 본 듯한 마을 풍경. 시내는 그런 곳에서 하룻밤을 지낸다는 사실에 가슴이 뛰었다. 민하와 함께라면 더욱 좋겠으나 마음으로 함께 하는 아늑한 밤. 그것으로 충분히 행복할 수 있는 밤. 이제 내일이면 성당에서 다시 그를 볼 수 있거늘 무얼 더 바랄 것인가.

민하는 워커 끈을 조여매며 주인 여자에게 시내를 단단히 부탁한 후 부대를 향해 출발할 태세를 취했다. 맘 편히 잘 자. 밤새 내가 곁에 있을게. 배웅을 위해 펜션 입구로 따라나서는 시내의 손을 잡아 자신의 입술에 갖다 대며 그가 말했다.

다시 한번 안아보자.

거친 숨을 몰아쉬며 민하가 시내의 허리를 왈칵 끌어당겼다. 금방이라도 숨이 막혀 곧 소멸되고야 말 듯 뜨겁고 세찬 포옹이었다.

낯선 초행길이 나름은 꽤나 고된 여정이었던 탓일까. 깔끔한 방과 이부자리. 숙박 시설의 편안함, 쾌적함에 시내는 마치 가까운 친척집에나 온 듯한 착각 속에 혼곤한 잠에 빠져들었다. 눈을 뜨니 아침이었다. 산속의 아침은 이름모를 새소리로 가득찼고 창을 여니 주위가 온통 가을이었다. 세수를 하고 뜨락으로 나서니 주인 여자가 마당 한켠 장독대에서 허리를 펴며 시내를 향해 인사했다.

잠은 잘 잤으라우. 시래기된장국 좀 끓일까 허는디 좋아헐란가 몰겄네.

네에, 편안히 주무셨어요? 저는 아주 잘 잤어요. 시래기된장국 저 너무 좋아해요. 감사합니다.

시내가 방긋 웃으며 대답하자, 주인 여자가 다시 시내의 얼굴을 가만히 바라보며 말했다.

하이고, 이른 새북 우물가에 갓 피어난 나팔꽃 같허유. 워쩌서 고렇큼 해맑고 고운가 몰겄네.

금방 퍼담은 노란빛 도는 햇된장 양푼을 손에 든 채 아낙은 한참을 더 시내를 바라보며 감탄했다. 남녘 사투리 억양이 짙은 주인 여자의 말에 시내는 진정 나팔꽃 같이 환한 웃음으로 감사의 마음을 표했다. 여주인이 맛깔스런 솜씨로 차려낸 소박한 아침을 먹은 후 시내는 다시 와수리 부대로 향하는 버스에 몸을 실었다.

군부대 한켠에 자리한 하얀 건물. 뾰족 지붕 꼭대기에 십자가가 달린 작은 성당은 마치 동화 속 어느 공주의 오두막 같은 정감이 느껴져 시내는 이끌리듯 그곳을 향해 다가갔다. 입당 성가가 울려나오고 있었다. 맨 뒷줄 몇 자리 외엔 젊디 젊은 한창 나이의 새파란 사병들로 가득 채워진 성전은 세속의 여느 성당과는 달리 너무도 이색적인 분위기라 시내는 당황했다. 쾅쾅 울려오는 브라스 밴드, 우렁찬 성가 소리가 더없는 이질감을 불러 일으켜, 뛰는 가슴을 누르며 시내는 성전 정면 고상 우측에 자리한 성가대를 향하며 급히 민하의 얼굴을 찾았다. 엇비슷한 머리 스타일, 동일한 복장을 한 고만고만한 나이의 젊은이들 속에서 민하의 모습을 찾기란 결코 쉽지 않았으나 그래도 시내는 금방 민하의 모습을 찾아내었다. 실은 모습으로 찾아냈다기보단 음성으로 먼저 그를 인식했다는 게 더 정확할 것이다. 입당 성가를 부르는 드높고 맑은 테너, 그의 솔로는 시내의 가슴을 뒤흔들었다.

주 하느님, 지으신 모든 세계
내 마음 속에 그리어 볼 때
하늘의 별 울려 퍼지는 뇌성
주님의 권능 우주에 찼네

아, 인간의 소리, 남자의 음성이 어찌 저리 해맑고 청아할 수가 있을까. 솔로의 주인이 민하임을 알아 낸 시내는 기쁨에 몸을 떨었다. 탁해진 영혼을 깨끗이 쓸어내어 정화시키는 듯한 힘과 마력이 깃든 음성. 시내의 눈에서 눈물이 흘러내렸다. 하얀 미사포 속에 가려진 자그마한 얼굴이 계속 젖어만 감을 막을 수가 없었다.
　성체를 영령하는 순서가 되어 모든 신자들이 차례로 자리에서 일어나 제단 쪽을 향해 길게 줄을 섰다. 시내는 얼른 사이드의 통로를 이용, 앞자리로 옮겨 성가대 단원들이 줄을 선 민하의 바로 뒷줄로 끼어들었다. 미사 중 단 한 번도 시도한 적이 없던 일이었다. 스스로도 놀랄만큼 너무도 대담하고 예외적인 일이라 시내는 얼굴이 붉어졌다. 그만큼 그녀의 마음은 절박하고 애절하기만 했다. 살짝 땀이 배어난 얼룩 무늬 군복 속 민하의 듬직한 등이 바로 그녀의 눈앞에 있었다. 급히 뛰노는 심장의 박동을 누르며 그녀는 그의 등에 가만히 손을 얹었다. 한 손으로 지긋이 그의 등을 누르며 나눈 무언의 밀어. 손과 등의 접촉. 비록 짧디짧은 찰나에 불과한 순간의 접촉일 뿐이었으나 그녀는 분명히 느꼈다. 민하의 몸이 뜨겁게 반응해옴을!! 그건 마음이 하나인 연인들만이 느낄 수 있는 더없이 황홀하고 짜릿한 영적, 물리적 교감이었다. 영성체를 모시는 시내의 마음은 세상 모든 것을 가진 듯 감사의 마음이 넘쳐났다.

그리고 그날의 일, 그날의 미사와 자신의 행동. 그 모든 것이 결코 예사로운 일이 아니었음에 시내는 전율한다. 어찌 그리 평소 자신답지 않은 행동으로 미사 중 자신의 줄을 이탈하고 앞으로 뛰쳐나가 그의 바로 등 뒤로 다가가 줄을 섰던가. 평소의 그녀라면 감히 생각도 못 할 일을 행하고 말았음은 자신도 모르는 그 어떤 예지, 감응이 그녀의 뇌를 장악하고 움직였음이 분명했다. 그 순간 이후 시내는 다시는 그를 볼 수가 없었으니까. 마치 이 세상에 단 한 순간도 존재하지 않은 사람처럼 그는 그렇게 연기처럼 말끔히 사라져버리고 말았다.

그날 밤 야간 철책 근무 중이던 민하. 그가 지레를 밟은 후임 병사를 구하려다 장렬히 함께 지상을 떠나고 말았다는 비보에 시내는 넋을 잃었다. 도저히 그의 죽음을 받아들일 수 없어 미친 듯 울부짖으며 신을 원망하고 나라를 증오하고 군부대를 저주하는 나날이 이어져 갔다. 더 이상 미사 같은 덴 나가질 않았고, 성당에 발길을 끊었으며 한 학기 휴학을 해야할 정도로 미쳐만 갔다. 틈만 나면 오열하며 민하의 모습을 찾아 헤맸으나 그는 아무 곳에도 없었다. 사춘기 시절, 사랑하던 남동생을 잃었을 때보다 더욱더 충격이 크고 감당이 안되는 아픔이었다.

그렇게 얼마의 시간이 흘러갔고 이듬해 늦은 봄이 되어서야 그녀는 마침내 민하의 부모를 찾아갔다. 평소에도 딸처럼 아껴주던 분들이었으나 그간 도저히 얼굴을 마주할 수 없었기에 격조할 밖엔 없었다. 그들은 포근히 시내를 품에 안으며 말했다.
우리 민하 대신 더 열심히 살아줘요…….
순간 시내는 깨달았다. 자신의 슬픔에 파묻혀 민하 부모님의 아픔은 미처 헤아리지조차 못한 자신의 이기와 무지에 치를 떨었다. 제아무리 슬프다 해도 낳아 기른 부모의 참척에 비할까. 말없이 담배를 피워문 채 허공만 주시하는 민하 아버지의 허허한 눈빛, 정갈하고 곱던 자태가 반년 사이 폭삭 무너져 내린 듯한 민하

어머니의 여윈 몸을 끌어안고 시내는 한없이 오열했다.

　그후로 그녀는 적어도 한 달에 두어 번은 민하의 집을 찾아 가 그의 가족과 어울려 지내며 하나가 되려고 노력했다. 누구보다 시내의 방문을 반기는 이는 민하의 동생 서하였다. 서하는 눈에 띄게 형 대신 그녀를 챙기며 민하의 빈자리를 메워주려 애를 썼다. 그러는 사이 민하를 잃은 슬픔은 조금씩 희석되어 갔고 미칠 듯한 아픔 또한 시나브로 엷어져만 감은 다행이었다.

　시내는 더욱 열심히 전공에 임하여 졸업 후 자신의 모교인 대학 병원의 간호사가 되었다. 대학병원에 들어간 후 제일 처음 배정이 된 곳은 비뇨기과였다. 주로 호르몬, 생식기관 및 요로계, 부신, 불임 등 진료 과목상 통상 간호사들이 가장 꺼리는 과였으나 시내는 전혀 개의칠 않고 환자들을 위해 최선을 다함으로써 조금이라도 자신의 고통을 상쇄하려 애를 썼다. 자신의 SNS 아이디를 비누풀꽃이라 정한 것도 바로 이때쯤이었다. 환자의 환부를 말끔히 완치하여 청결히 건강을 되찾아주는 일. 그런 소명을 위해서람 비누풀꽃이 자신에게 가장 적합한 닉네임이라 생각되었다.

　환자들은 자신의 병을 치유하는 데만 매달리는 나머지, 대부분 의사와 간호사에게 전적으로 의존해 올 뿐, 예상보다 매너 없거나 정도를 벗어난 행동을 하는 사람은 거의 없었다. 다만 사회적 지위가 좀 있거나 기업체 고위급 임원일수록 의외의 비상식적 언행으로 간호사를 마치 본인 휘하의 직원부리듯 함부로 대하는 비열한 측이 많았다. 반면 때론 아무런 이유도 없이 가족처럼 마음이 가고 정성을 기울이고 싶은 환자도 있음이 인지상정이라, 시내 또한 아주 드물게 그런 감정에 놓일 때가 있음은 부인할 길이 없었다.

얼마 전 신장결석으로 입원한 40대 중반의 남성 환자가 그 경우였다. 통상 요로 결석의 경우, 경증일 땐 입원보다 며칠간의 통원 치료로 진료함이 상례였으나, 워낙 결석의 덩어리가 크고 옆구리와 허리 통증이 심한 상태라 한밤 응급실로 실려 온 위급 환자였다. 강력한 진통제로도 잘 다스려지질 않는 심한 통증으로 견디기 힘든 중증이었으나 그는 너무도 의연히 잘 참아내어 시내를 놀라게 했다. 많이 아프시죠, 잘 참으시네요. 체외 충격파를 통해 쇄석이 시작되자, 결석이 부서져 나가는 소리와 함께 그의 입에서 가는 신음이 새어나왔다. 통증 중에서 가장 고강도의 엄청난 통증으로 회자되는 시술인데 그는 용케도 잘 참아내고 있었다. 보통 환자의 경우 소리를 지르며 당장 강력 진통제를 추가로 더 놓아달라며 난리를 치는 게 상례인데 그는 단지 자신의 주먹을 꽉 쥐며 낮은 소리의 신음을 토해낼 뿐이었다. 또한 그런 정도의 중증 환자라면 으레 보호자 한 명쯤은 따라오기 마련인데 모든 과정을 오직 혼자 감내해내고 있는 모습이 짠한 연민을 불러일으켰다.

간호사로서 환자에게 절대 품어선 안 될 금기의 사적 감정이었으나 어느 순간 시내는 자신도 모르게 그의 손을 꼭 잡아 주며 살가운 위로의 말을 건네는 자신을 발견했다.
　윤준영님, 정말 잘 참으시네요. 대단하십니다.
　시내의 따뜻한 어조에 놀란 듯 그가 질끈 감았던 눈을 떠 시내를 바라보았다. 반듯한 이목구비, 명민함 가득한 검은 눈동자가 통증을 참느라 입술을 꽉 다문 채 시내를 응시해왔다. 아앗…, 저 눈빛. 너무도 익숙한 눈빛이었다. 세상에 그 누구도 사람의 그런 눈빛을 그토록 정확히 묘사해낼 수는 없을 것이다. 금방 곧 그 속내를 읽어 내긴 어려운 깊고 예리한, 그러나 말할 수 없이 짙은 호의와 온유, 그리고 강한 이해와 포용으로 상대를 휘어감는 듯한 검은 눈. 시내는 순간 심한 어지럼증을 느끼며 민하를 떠올렸다. 철책선 부근에서 그가 지뢰를 밟고 죽어가는 순간 다만 그의 손이라도 한번 잡아줄 수 있었담 자신의 가슴, 붉은 피멍이 이렇듯 오래 가진 않았으리. 시내의 눈방울에 얼핏 눈물이 배어 나왔다. 속수무책 시내에게 손을 잡힌 남자가 놀란 얼굴로 시내를 바라보았다. 이번엔 남자쪽에서 시내의 손을 꽉 움켜잡았다. 짜릿, 고압선이 흐르듯 뜨겁고 강한 접속이 감지되었다. 짧은 찰나이나 타오르듯 전신을 관통한 뜨거운 전류였다.
　요로결석이 완치되어 퇴원한 준영으로부터 시내에게 정식 식사 초대가 왔고, 그후 두 사람은 상당히 가까워졌다. 함께 저녁 먹고 얘기 나누고, 조용한 곳으로 드라이브 하고. 단지 그 정도가 전부였으나 진정 코드가 잘 맞는 사람이란 생각이 들었다. 지구상 모래알처럼 많은 사람 중에 그토록 정서가 합일하고 취향이 맞는 남자를 만남이 어디 쉬운 일일까. 그러나 그는 엄연한 한 가정의 가장이었고 이제 마악 유치원에 입학한 여섯 살짜리 아들과 뒤늦게 얻은 딸이 이제 겨우 백일을 넘긴 두 아이의 아빠였다. 그의 병상에 아무도 오지 못한 사연이 밝혀진 것이다.

그와의 만남이 거듭될수록 시내의 고뇌는 깊어만 갔다. 미사 중 수없이 기도하고 참회하고 성찰하며 자신을 추스리려 애를 썼으나 쉽지 않았다.

그즈음 시내가 근무하는 병원에 우연히 지인의 문병을 온 길이라며 서하가 찾아왔다. 참으로 설명하기 힘든 절묘한 시점이 아닐 수 없었다. 한 달에 두어 번 그의 집을 방문할 때면 모든 약속을 접고 상기된 모습으로 시내를 맞는 그의 태도는 늘 여일했고, 민하가 살아 있을 때부터 유독 자신을 따르던 모습 그대로라 시내는 언제봐도 그가 더없이 반가운 존재일 뿐이었다.

다만 가볍게 고개를 젖혀 앞머리를 이마 위로 밀어 올리는 특유의 행동, 기타를 치며 노래하는 맑고 청아한 테너, 수수하면서도 은근히 세련된 옷차림 등 평소 민하와 너무도 닮은 모습에 소스라치듯 놀라 황황히 시선을 돌려야만 하는 괴로움만 없다면.

비누풀꽃

연년생 형제임에도 일란성 쌍둥이처럼 꼭 닮은 그들의 모습에서 환상을 보듯 하나의 존재에서 두 사람의 잔상이 겹쳐오는 그것만은 더없이 견디기 힘든 고통이었다.

아는 분이 암으로 입원해서 여기 온 김에 누나 얼굴이라도 보고 가려 들렀어요.

그가 문병 온 암병동과는 상당히 떨어진 곳이었으나 굳이 시내를 보러 비뇨기과 간호사실까지 찾아 온 서하의 모습이 평소와는 조금 다르다는 느낌을 받았다.

누나, 오늘 꼭 드릴 말씀이 있어요. 야간 근무팀과 교대하는 시간까지 병원을 떠나지 않고 기다리던 서하가 어느 조용한 바에 마주 앉자 한참이나 뜸을 들인 후 어렵게 얘길 꺼내었다.

누나, 솔직히 말해 줘요. 저를 어떻게 생각하고 계신지…….

너무도 뜻밖의 물음에 시내는 놀라고 당혹스러워 어쩔 줄을 몰랐다.

저는 사실 오래 전부터, 실은 형이 살아 있을 때부터 누나를 몹시 좋아했어요. 어쩜 누날 처음 본 순간부터요. 형이랑 저는 매사에 취향이 같아 많은 게 늘 일치하긴 했으나 연인조차 그러리라곤 상상조차 못했어요. 그러나 그것마저 비껴가질 않고 완전 일치했죠. 하지만 형이 살아있을 땐 얼마든지 내색 않고 견딜 수가 있었어요. 형이 사랑하는 여자를 저도 사랑하고 있었으나 형의 행복을 위해 얼마든지 참을 수 있었던 거죠. 형을 세상의 누구보다 좋아했으니까요. 그러나 형은 죽었어요. 그리고 누난 참혹한 슬픔 속에 혼자 남겨졌지요. 그후 난 두 사람에 대한 연민과 상실, 슬픔에 미쳐버릴 것만 같았어요. 그리고 오랜 시간 고뇌하며 나름의 결론을 내리기에 이른 거에요. 이제 시내 누나만이라도 절대 잃어선 안된다고. 그럴 수는 없다고 나름 죽을 각오로 결심한 겁니다.

　서하가 시내의 양해를 구하며 담배 한 대를 꺼내 입에 물었다. 너무도 고통스럽고 힘든 모습이었다. 그의 고백을 듣는 시내의 낯빛도 충격과 아픔으로 하얗게 질려만 갔다. 너무도 엄청난 혼란과 당혹감이 밀려들어 도무지 정신을 차리기가 힘들었다. 그녀로선 상상도 못한 돌발 상황이었다,

　누나, 지금 많이 힘드신 거 알아요. 시간을 드릴게요. 언제든 누나 마음 결정되면 제게 연락주시기로 해요. 하지만 너무 늦으면 저는 아마 미쳐버릴 거예요. 늦어도 형의 기일 전까진 꼭 연락주시기 바랍니다. 그때까지 마음을 다해 기도하며 기다리겠습니다.

　두 사람은 각자의 상념에 잠겨 말없이 와인 잔을 기울였다. 군부대로 민하를 면회 갔던 그 가을밤 군내 행사로 인해 외박이 안되어 펜션에서 함께 하지 못한 그 밤의 일이 결코 우연이 아니었던 것일까. 돌이켜 생각해도 아픔, 회한 가득한 그 밤이 이런 결과를 예비함일까. 돌이켜보면 유난히도 자신을 따르던 서하의 언

행이 결코 예사롭지 않았음이 떠올랐다.
 어느 5월, 민하에게 급한 일이 생겨 셋이 가려던 야구장엘 서하와 시내, 그렇게 둘이서만 가게 된 날이었다. 서하는 그날 어린 소년처럼 무언가 잔뜩 기쁨에 들뜬 모습으로 시내의 일거수 일투족에 마음을 기울였고, 야구 경기가 끝난 후 갑자기 소나기가 쏟아지자 자신의 트렌치코트를 벗어 시내의 머리에 씌워주며 근처 카페까지 시내의 어깨를 담싹 보듬어 안고 자신은 비를 홀딱 맞으며 걸어갔다. 그날 자신을 바라보던 서하의 눈빛은 비안개처럼 뿌연 물기가 어른거림을 시내는 못내 잊지 못했다.
 짐짓 시선을 비끼려는 시내와는 다르게 서하는 매우 그윽하고 잔잔한 눈빛으로 시내를 오래오래 응시해왔다. 민하와 너무도 닮은 특유의 눈빛. 가만히 바라보고 있음 한없이 빨려들듯 강한 흡인력의 검고 빛나는 깊은 동공. 그건 너무도 꼭 닮은 형과 아우, 그들 형제만의 고유한 눈빛이었다.

 밤 깊은 시각 그들은 바를 나와 전철역을 향해 걸어갔다. 연거푸 들이킨 몇 잔의 와인 탓일까. 시내의 걸음이 약간 균형을 잃고 휘청거리자 서하가 한 팔로 그녀의 어깨를 꼭 보듬어 감싸안았다. 체취까지도 완전 동일한 형제. 민하에게서 전해오던 은은한 라벤더향과도 같은 물씬한 체취, 감미한 의뢰심이 드는 강렬한 허그, 그 포즈까지 민하의 것과 흡사했다. 그는 과연 민하인 것일까. 아님 서하인 것인가. 순간 준영과의 더없이 고통스럽던 만남이 매듭을 풀 듯 스르륵 풀려버리는 느낌이었다. 그로부터의 온당하고 유연한 도피로도 가장 적절한 계기가 아닐까 하는 생각에 도시 갈피를 잡기 힘든 혼란이 몰려왔다.

누나, 다 왔어요. 곧 와수리입니다.
서하의 나직한 음성이 시내의 혼곤한 의식을 일깨웠다. 아, 와수리!! 대저 내가 여길 왜 온 것일까. 시내의 가슴이 급작스런 통증으로 와르르 무너져 내렸다. 그녀는 급히 서하의 팔을 잡으며 신음처럼 말했다.
서하, 우리 이대로 다시 올라 가자아! 나 도저히 내릴 수 없을 거 같아…….

두 손으로 얼굴을 포옥 가린 시내의 가냘픈 어깨가 물결치듯 마구 흔들렸다.

주어짐과 쟁취함 사이
중명의 기로 위 남겨진 나
저 하늘을 우린 기다려왔어
가는 선 너머의 날 부르는 너
널 부르는 나

아파트가 통째 날아갈 듯 거의 소음에 가까운 빠른 템포의 노래가 거실을 뒤흔들었다. 평소라면 고요한 정적 속 주로 FM에서 흘러나오는 클래식 선율이 흐르는 잔잔한 분위기이련만 재은이 온 후론 완전히 딴 세상이 되고 만 느낌이다.

여름방학을 맞아 보스턴에서 손녀 재은이 왔다. 초교 3학년 때 미국으로 떠난 이후 두 번째의 한국 방문이었다. 지난 가을 아들의 초대로 정인 내외가 보스턴을 갔을 때의 만남 후 근 10개월이 지난 시점이었다. 그때의 모습과는 또 달리 부쩍 더 자라난 모습이 신기하고 대견하기만 했다. 비교적 미국 문화와 언어, 풍습에 잘 적응한 편이라 학교 생활이며 교우 관계에 별 문제는 없었으나, 한국에서 보낸 유년기의 즐겁고 천진무구한 추억만을 짙게 새긴 터라 재은은 가족 중 가장 향수병이 짙었다.

제 엄마와 아빠는 직장 일로 바빠 홀로 귀국한 모습이 일면 매우 당당하고 의젓해 보였으나 아무래도 조금쯤은 호젓한 느낌을 주어 한편으론 뭔가 좀 애틋한 마음이 들기도 함이 사실이었다. 공항에서 만난 재은은 그새 키가 훌쩍 자라 15세의 나이치고 약간은 더 성숙해보였고, 긴 머리를 하나로 묶은 단아한 자태가 총명한 눈매를 더욱 돋보이게 하여 참으로 발랄하고도 상큼한 모습이었다. 김재은. 정인에겐 단 하나뿐인 손녀였다. 외손자, 지훈외 오직 단 하나밖엔 없는 귀한 손녀이기에 보기에도 아까우리만큼 신통방통 예쁘기만 했다. 그러나 자주 보지 않고 살아 온 세월을 완전 무시할 수는 없는 것일까. 한국에서 살 때의 예전과는 달리 상호 교류나 소통에서 때론 좀 뭔가 설명할 수 없는 간극, 거리감 같은 것이 느껴질 때도 있음은 간과할 수가 없었다.

더구나 재은은 한창 사춘기의 한가운데를 지나고 있는 중이었다. 밝고 순연하던 어린 시절과는 달리 많이 좀 예민해졌고, 어언 미국식 관습과 사고에 물들어 이따금씩은 조금 낯선 모습의 언행을 보일 때도 있어 때론 좀 당혹감을 안기기도 했으나 그래도 본

래의 천성은 그대로라 금방 익숙해졌다. 다행히 미국에서의 생활에 3인의 가족 중 가장 적응력, 흡수력이 강해, 놀랍도록 빠르게 미국 문화에 동화되어 감은 참으로 기특한 일이었다.

반면 한국 문화, 한국어에 관해선 가족 중 또한 가장 혼돈과 망실의 증상이 도드라짐은 어쩔 수 없는 현상이었다. 어쨌든 재은의 강점이라면 영어와 한국어, 최소한 그 2개국의 언어에 정통하다는 점일 것이다. 그러기까진 어린 나이, 그 나름의 온갖 소외와 외로움, 고군분투의 과정이 어찌 전무했으랴. 거기에 생각이 미치면 정인은 곧잘 맘이 짠해지곤 함은 피할 길이 없었다.

재은이 한국에 와서 가장 하고 싶은 일은 추억 찾기, 그리고 쇼핑이라 했다. 미국 가기 전 유치원 시절, 그리고 초교 저학년의 3년을 보낸 마냥 즐거웠던 유년기를 되살리고 회상하기. 자신이 좋아하는 K팝 아티스트의 앨범과 굿즈, 그들에 관한 각종 정보와 자료 등을 구입하려면 그건 오직 한국밖엔 없다는 것. 재은이 가장 좋아하는 아티스트는 '엔하이픈'이라는 7인조 보이 그룹이었다.

엔하이픈. 그들이 누구지, 미국애들이니?

금시초문의 그룹 이름에 정인은 잠시 멍해진 낯빛이 되어 재은을 향해 그렇게 물었다.

할머니이, 요즘 전세계에서 인기 절정인 한국의 베스트 싱어,

보이 그룹이에요.

그래? 나도 BTS 정도는 알고 있다만 엔하이픈은 첨이다.

할머니이, 제가 나중에 걔네들 뮤직 비디오 보여 드릴게요. TV에 그들의 단독 채널도 있거든요.

재은과의 대화는 그렇게 물꼬를 텄다. 그로부터 '엔하이픈 XO'와 정인의 만남은 거의 고문처럼 정인의 눈과 귀를 자극해 왔다. 남편이 출근한 후 한 잔의 커피와 함께 즐기곤 하던 정인만의 고요한 시간은 간데없이 사라지고, 한여름 폭염 속 아침부터 재은이 틀어 놓은 TV를 통해 정신없이 몸을 흔들며 춤추고 노래하는 일곱 명의 보이 그룹 싱어들을 눈부릅뜨고 지켜봐야만 하는 나날이 이어져 갔다. 정인에게 있어 그건 기실 고역에 다름 없었다. 단지 그저 그들을 담담히 지켜보기만 해서 해결되는 일이 아니기에 더욱 힘들었다.

할머니이, 쟤가 바로 리더인 정원이에요. 그 오른쪽 애가 선우, 왼쪽은 희승, 뒷편 왼쪽에서부터 제이, 제이크, 성훈, 그리고 니키예요. 니키는 국적이 일본이에요. 다들 잘 생겼죠.

곁에서 재은이 아무리 반복하여 기억을 일깨워도 도무지 누가 누군지, 제대로 인지가 안될 뿐더러 모두 마네킹처럼 동일해보이는 일곱 명의 멤버들을 각기 구분해낼 재주란 없어 정인은 절망했다. 차라리 그들의 노래, 그 빠른 멜로디, 그리고 불분명한 발음의 가사를 외우라는 요구가 더 나을 듯한 기분이었다. 그러나 영어인지, 불어인지, 한국어인지 도무지 귀에 명확히 들어오질 않는 미묘한 발성이 그때그때 뇌리에 쏙쏙 박혀오질 않음도 문제였다. 예전 무슨무슨 브라더즈, 시스터즈 운운하던 시절의 그 차별화된 스타일과 소박한 이미지가 그립기만 했다.

그러나 지속적 반복학습 효과란 참으로 무서운 것임을 깨닫는 덴 그리 긴 시간이 걸리질 않았다. 정인을 향한 재은의 반복 학습은 점차 그 효력을 발생, 마침내 며칠 내 정인은 엔하이픈의 멤버 7인 중 몇몇의 이름을 겨우 외게 되었고, 누가 누구인지 어느 만큼은 인지력이 생겨나기 시작하여 재은을 기쁘게 했다. 그들의 국적 모를 노랫말, 멜로디도 어언 귀에 익어,

아, 저게 그들의 최신곡, 'Only If You Say Yes' 그 곡 맞지~~

정인은 제법 그렇게 아는 체를 할 정도로 발전했다. 어언 최신 팝에 조금은 눈이 트이고 귀가 뚫린 현상이랄까, 정인은 그러한 스스로에게 내심 실소했다.

이따금 재은은 한낮의 폭염 속에서 종종 자신의 방문을 꼭 닫아 걸곤 꼼짝도 않을 때가 있어 정인의 속을 태웠다. 방문이라도 조금 열어 놓으면 거실의 시원한 에어컨 바람이라도 좀 들어가련만 대저 무얼 하길래 저렇듯 조용할까. 때론 가만히 방문을 노크해 봐도 아무런 대꾸가 없어 더없이 마음이 조여오곤 했다. 독서 혹은 일기를 쓰는 시간일까. 아님 이어폰을 끼곤 마냥 음악에 빠

져드는 시간일까. 때론 재은의 방으로부터 요란한 음악과 함께 신나게 스텝을 밟는 느낌이 전해올 때도 있었다. 드디어 방문이 열리고 재은이 평온한 모습을 드러내면 비로소 정인은 안도했다.

할머니, 우리 아이스크림 먹어요.

재은이 활기차게 냉동고의 문을 열며 말했다. 재은은 특히 어린 시절 한국에서 즐겨 먹던 얼음과자를 무척 좋아했다. 죠스바, 바밤바, 누가바, 쌍쌍바, 수박바, 메로나 등등. 아이스바의 막대 부분까지 쪽쪽 빨아먹으며 재은은 아련한 눈빛으로 혼잣말을 하듯 중얼거려 정인의 가슴을 아리게 했다.

미국에서 맞은 첫번 째 여름, 가장 생각났던 게 뭔지 아세요. 달고 시원한 아이스바, 바로 이거였어요. 집에서 슬립퍼 신고 쪼르르 달려나가 조그만 동네 슈퍼에서 동전으로도 쉽게 사먹을 수 있는 각종 아이스크림. 한국은 정말 아이들의 천국 같아요. 군것질하기도 넘넘 좋은 나라에요. 미국에선 엄마나 아빠가 모는 차를 타고 30분쯤 달려나가 카페나 대형 슈퍼에나 가야 겨우 아이스크림을 사먹을 수 있거든요. 종류도 이렇게 다양하진 않아요. 미국 생활이란 때론 참 불편하고 심심하기도 하고 그래요.

재은의 고백을 듣는 정인의 입가에 쓸쓸한 미소가 번져갔다. 재은의 말은 좀 더 이어졌다.

할머니, 사람은 누구나 다 외로운 존재인 거 맞죠. 제가 그걸 한번 실험해 봤거든요. 한국에 온 후 작심하곤 오랜 시간을 혼자 걸어봤는데, 미국의 낯선 곳을 혼자 거닐 때보다, 한국의 낯선 길을 혼자 걷는 게 훨씬 더 외로움을 느끼게 됨을 알았어요. 그러니깐 이젠 외려 미국땅에서의 외로움이 점차 더 희석되어 간다는 걸 깨닫곤 묘한 안도와 위안을 느끼고 돌아왔어요. 결론은, 결국 인간의 외로움이란 모국이냐, 외국이냐 하는 장소와는 무관하게 그 땅에 사는 사람들과의 대인 관계와 친분, 그리고 애정의 농도에 따라 모든 게 좌우됨을 알게 된 거죠. 미국에 온 초기엔 언어 장벽, 코비드 등으로 미국인들과의 교류가 보다 원활하질 못했음도 상호 소통의 큰 장애 요인이었던 거 같아요. 이번 귀국을 통해 언제든 돌아가 그 품에 안길 모국이 있다는 게 얼마나 큰 위안인지를 절감했어요. 하기에 이젠 보다 긍정적이며 가뿐한 마음으로 미국에 돌아갈 수 있을 것 같아요.

눈을 반짝이며 말하는 재은의 고백은 정인의 가슴을 파고들었다. 언제 저렇듯 성장한 걸까. 너무도 기특하고 흔연하여 가슴이 뻐근해왔다. 어린 시절부터 재은은 유독 자기 표현이 확실하고 사리분별이 뛰어난 아이였다. 제 엄마는 직장에 나가고, 가사 도우미의 손길에 의해 자라나는 모습이 안쓰러워 정인은 종종 아들의 집을 방문하여 어린 재은의 곁을 지키며 함께 놀아주곤 했었다. 그럴 때면 재은은 겨우 서너 살 그 무렵에도 간식이나 단 것들을 함부로 먹으려 하질 않는 자기 통제력이 있어 정인을 놀라게 했다. '우리 엄마가 이런 거 먹지 말랬어요.' 야무진 발음으로 그렇게 말하며 때론 정인이 생각없이 사들고 간 초콜릿이나 젤리 등을 마다하던 아이였다. 애써 졸린 눈을 깜빡이며 야근으로 귀가가 늦는 엄마를 기다리며, 엄마의 얼굴을 볼 때까진 끝내 잠을 안 자고 버티던 세 살배기 손녀, 그애가 바로 재은이었다. 그만큼 야무지고 딱 떨어진 성정이었다.

 금번 홀로 한국을 방문한 재은은 실로 많은 것을 느끼고 체험하고 나름의 결론을 얻어 가고 싶다는 의지를 굳혔다. 미국에서 어쩌다 무리에서 떨어져 홀로 길을 걸을 때면 참을 길 없이 막막히 밀려오는 근원 모를 고독감에 가슴 시리곤 했는데, 한국에서도 그러한 자각은 더욱 강력하여 재은은 문득 놀라움을 느끼는 자신을 발견했다. 그러고 보면 익숙하지 않은 곳에 홀로 있을 때의 외로움이란 인간의 근원적 고독감일 것이다. 이제 미국에 돌아가면 어딜 가든 그러한 외로움에선 보다 자유로울 수 있을 듯한 느낌이 들었다.

 무작정 지도와 지하철 노선을 체크하며 이렇듯 혼자 서판교, 옛 동네를 찾아오고 싶었음도 어쩜 어린 소녀의 막막한 향수와 외로움. 그것의 근원을 캐내고 싶었는지도 모를 일이었다.

 운중천의 물오리떼는 예전과 다름 없이 한 폭의 그림 같다. 고요한 유영으로 떼지어 물 위를 떠다니며 주위의 풍경에 단연 운치를 보탠다. 어린 마음에도 마치 이국에 온 듯한 느낌을 안겨주는, 독특한 정취의 동네였다. 운중천을 끼고 일렬로 늘어선 각종 음식점, 그리고 멋진 장식의 카페들을 일견하며 걷는 기분이란 꽤나 흥미로운 투어였다. 서녘 하늘엔 오렌지빛 노을이 번져가며 어언 저녁이 오고 있었다. 낮에 명동에서 이것저것 쇼핑을 하다 간 간단한 샌드위치로 점심을 때워 배가 고팠다.

급히 눈에 띄는 파스타집을 향해 빠르게 걸음을 옮겨갔다. 그때였다. 앗, 분명히 어디선가 본 듯한 모습의 남자애가 파스타집에서 문을 열고 나오는 모습이 보였다. 자신과 거의 또래인 듯한 느낌의 미소년. 어디서 본 것일까. 재은은 한동안 밝은 갈색 곱슬머리의 남자애에게서 눈을 떼지 못한 채 아슴아슴 기억을 더듬었다. 아앗, 유치원 시절 가장 친했던 쌍둥이 형제 중 하나임이 틀림없었다. 뺨 언저리의 희미한 상처가 그 증거였다. 더없는 개구장이 형제였으나 맘이 여리고 정이 많던, 늘 서로 도와주려 애쓰며 항상 재은의 손을 꼬옥 잡고 다니던 남자애들이 떠올랐다. 쌍꺼풀진 두 눈과 노란 곱슬머리 형제인 유진과 유성. 특히 형, 유진은 뺨에 작은 상처의 흔적이 있어 확연히 구별이 되곤 했다. 아까 스친 남자애의 뺨에도 얼핏 뭔가 옅은 흉터 같은 것이 있는 게 느껴졌다. 아, 우연히 옛동네에 와 옛친구를 보게 되다니! 가슴이 세차게 요동치며 숨이 가빠왔다.

겨우 알아볼 수가 있었으나 그 애를 못 본 5년이란 기간은 결코 짧다고는 볼 수가 없는 시간이었다. 아마도 그 애는 나를 알아보지 못했으리라. 친구와 함께 책가방을 둘러메고 어디론가로 사라지는 그 애의 뒷모습을 지켜보며 재은은 반가움에 가슴을 떨었다. 미처 아는 체는 못했어도 상관 없었고, 무어라 말 한 마디 건네질 못했어도 괜찮다는 기분이었다. 다만 옛 동네에서 옛친구를 보았다는 것. 순간 더없이 반갑고 가슴이 뛰었다는 것. 그것이면 충분하다는 생각이 들었다. 재은은 마악 옛친구가 튀어 나온 음식점엘 들어가 자리를 잡고 앉았다. 기분이 묘했다. 덕분에 유치원 시절의 그리운 친구들 모습이 우우 떠올라 왔고, 가슴이 벅차올랐다. 더없이 즐겁고 안온하고 행복했던 시절이었다. 아직 연락처를 갖고 있는 초교 시절의 몇몇 친구들 모습이 떠올랐다.

재은은 급히 핸드폰을 꺼내어 친구들의 주소를 점검했다. 한국에 오기 전 엄마의 핸드폰에서 혹시나 싶어 옛친구들의 주소와 그들 엄마들의 연락처를 입력해 왔음이 다행이었다. 당시엔 다들 어려 친구들은 미처 핸드폰을 소지할 나이가 아니었고, 당연히 서로의 연락처는 알 수가 없었다. 재은은 가슴을 떨며 친구 엄마들의 핸드폰 번호를 누르기 시작했다. 지성이면 감천일까. 그런 복잡한 절차를 거쳐 기적처럼 근 여덟 명의 옛친구들이 운중천변의 한 카페로 모여들었다. 마침내 그곳은 근 5년만에 유치원과 초교의 한 동창회가 열리는 요란한 만남의 장이 되었다.

와아, 이게 몇 년만의 만남이니. 넘넘 기막히다아.

서로 어깨를 겯고는 팔팔 뛰며 반가워하고, 더러는 부둥켜 안고 빙빙 돌며 재회의 기쁨을 만끽하는 장면이 펼쳐졌다. 급조된 번개팅이었으나 환호작약하는 모습들이, 다들 순식간에 어린 시절의 동심으로 되돌아가는 기분이었다. 어린 시절 한 동네의 친구들이란 그때의 순진무구한 감정이 전혀 변질 되지 않은 채 고스란히 남아 있음이 더없이 경이로웠다. 학원 수업으로 뒤늦게 합류한 유진이 유쾌한 웃음을 보이며 말했다.

그럼 아까 파스타집에 들어가던 애가 바로 재은이, 너였니? 어쩐지 어딘가 눈에 익고 많이 본 애더라고. 진짜 반갑다. 재은. 우리 유치원때 되게 친했었잖아. 매일 손잡고 다니고 장난치고……. 기억나니?

유진이 매우 고조된 음성으로 소릴 높였다. 아직 어딘가에 유년기의 모습이 면면히 남아 도는 모습들임에 재은은 안도했다. 더없이 화기롭고 활기찬 분위기였다. 즉석에서 누군가가 단톡방을 만들었고 추후론 지구상 어딜 가든지 계속 서로 연락하며 살기로 굳게 약속했다. 급작스런 만남이었으나 시간의 흐름이 아까울 정도로 열띤 분위기가 이어졌다. 어느새 밖엔 짙게 어둠이 깔렸고 재은은 그제서야 맘이 급해졌다. 아무런 연락도 없이 늦으니 할아버지, 할머니는 지금 극도로 염려하고 있을 것임이 분명했다.

 아침에 함께 집을 나오며 재은의 옷차림과 꾸밈에 대해 화들짝 놀라움을 표하던 정인의 조언이 몹시도 마음에 걸려왔다.
 재은, 네 나이 땐 맨얼굴에 아무거나 걸쳐도 다 예쁘기만 하단다. 굳이 화장을 하거나 꾸미지 않아도 모든 게 다 청아하고 어여쁠 때라는 걸 잊지 말렴.
 아이브러쉬로 눈썹을 다듬고 옅은 화장에 화려한 네일 아트, 배꼽티와 반바지 차림을 한 재은을 바라보며 정인이 혼잣말을 하듯 뇌인 말이었다.
 할머니, 요즘엔요오, 다들 이러고 다녀요. 미국엔요, **빠글빠**글 퍼머 머리에 빨간 루즈를 바르고 등교하는 애들도 있는걸요.
 다소는 뾰로통한 낯빛으로 재은이 답했다. 명동 쇼핑가에 나가 점심을 먹고 옷을 고를 때도 두 사람의 의견은 곧잘 그렇게 상충되곤 했다. 어깨 한쪽이 휜히 다 드러나는 티셔츠보단 얌전한 디자인의 것을 더 권유하는 정인의 태도에 재은은 완전히 질린 모습으로 단언했다.
 할머니, 너무 덥고 힘드시니 혼자 먼저 들어가서요. 쇼핑, 저 혼자 하는 게 훨 맘이 편해서요. 오늘 저 자유 시간 좀 가질게요.
 재은은 단호한 낯빛으로 그렇게 말하며 쇼핑가 긴 골목을 도망치듯 혼자 달아났다. 정인은 순간 뭔가에 머리를 세게 맞은 듯

멍한 모습으로 활기 넘치는 재은의 뒷모습을 망연히 지켜보았다.

　재은의 어린 시절 고사리 같은 손녀의 여린 손을 꼭 잡고 길을 걸을 때면, 세상을 다 가진 듯 흔연하고 가슴이 뛰던 시절이 떠올랐다. 부전여전인 것일까. 문득 재은의 아비, 민을 키우던 때가 생각나며 가슴 한켠에 짠한 회한이 몰려왔다. 민 또한 자아가 매우 강하고 자기 주장이 확실한 아이라 키우기가 결코 쉽진 않은 성향이었고, 정인 또한 몹시 예민한 성품이라 때론 심하게 혼을 내거나 체벌조차 마다 않던 시절이 있었다. 일상에 지쳐 때론 교육적인 효과를 넘어 감정적 대처도 서슴치 않았던 일들을 돌이켜 보면, 정인 스스로도 더없이 참혹하고 자괴심에 빠질 때도 많았다. 단지 양육 과정의 시행착오라기엔 보다 더 성숙되고 정화되지 못한 모성이었음이 마음 아팠다. 격세지감. 그러나 이제 세월은 흘렀고 모든 게 변한 것이다. 그걸 알아야 한다. 깨달아야만 한다. 정인은 텅 비어오는 가슴을 쓸며 호젓이 혼자 집으로 돌아왔다.

　TV를 틀어 엔하이픈 노래를 찾아 한껏 볼륨을 올린 후, 정인은 정갈히 재은의 방을 청소했다. 재은과 보다 소통이 가능하려면 먼저 아이의 세계, 그들의 감각, 그들의 느낌을 공유하고 이해할 수 있어야 한다는 생각이 들었다. 재은과의 보다 폭넓은 소통을 위해선 보다 열린 마음으로 세대간의 거리를 좁혀야만 할 것임을 절감했다. TV 화면을 통해 엔하이픈의 영상을 보며 열심히 그들의 음악과 댄스를 학습했다. 이제 재은이 들어오면 함께 즐감하며 대화를 나누리라. 그러나 저녁이 오고 밤이 깊어가도 재은에게선 아무런 연락이 없었다. 심히 초조한 마음에 몇 번 전화를 걸었으나 신호만 갈 뿐, 상대가 전화를 받을 수 없다는 멘트만 들려올 뿐이었다. 피가 마르는 느낌이었다. 벽시계를 보니 10시 10분 전이었다. 한국의 지리에 익숙치 못한 재은이라 어디 가서 길을 잃고 헤매는 것은 아닌지, 아니면······.

와락 달려드는 온갖 상념에 정인은 좌불안석이 되어 핸드폰을 손에 쥐곤 거실을 빙빙 돌았다. 남편조차 일이 있어 귀가가 늦어지니 더욱 막막할 뿐이었다. 10시 정각까지 재은으로부터 아무 연락이 없으면 즉각 경찰에 신고해야겠다는 마음으로 핸드폰을 꽉 부여잡았다. 벨이 울렸다. 그러나 발신인은 재은이 아닌 미국의 아들 내외였다. 서로 안부가 오간 끝에 며느리가 재은을 찾았다.

아, 예전 동네 갈 일이 있다며 아까 점심 먹고 헤어졌는데 아직 연락이 없네. 전화도 안 받아서 지금 기다리고 있는 중인데 너무 걱정 마라. 연락 오면 곧 문자 보낼게.

순간 당혹감에 얼른 그렇게 얼버무리며 정인은 급히 전화를 끊었다. 가슴이 마구 요동쳤다. 다시 핸드폰이 울렸다. 모르는 번호였다. 정인은 곧 숨이 넘어갈 듯 떨리는 손길로 수신 버튼을 눌

렀다.

할머니, 많이 걱정하셨죠. 재은이에요. 지금 택시 타고 가는데 제 핸드폰이 방전되어 잠깐 기사님 폰 빌려 연락드려요. 곧 집에 도착하니 염려 마셔요.

해맑고 낭랑한 재은의 음성이 구르듯 귓가를 울려왔다. 혼비백산, 짙은 우려에 싸여 있던 정인은 재은의 음성을 듣자 죽음에서 깨어난 듯 목소릴 높이며 외쳤다.

재은이, 너 어디에 있었던 거니, 경찰에 신고하기 직전이다.

정인의 절박한 음성이 턱에 차오름을 느꼈다.

죄송해요, 할머니. 극적으로 옛친구들 만나 떠들다 보니 시간 가는 줄을 몰랐어요. 이제 20여분 후엔 집 도착이니 안심하셔요.

재은의 차분한 음성에 비로소 정인은 그대로 그만 풀썩 소파에 무너지고 말았다.

XO xo kiss me

Don't say no/ XO yeah

아침부터 재은은 TV의 채널을 어느 한곳에만 정지시킨 채 노래 듣기의 여념이 없다. 자꾸 반복해서 들으니 어언 귀에 익은 멜로디와 노랫말이 이제야 겨우 귀에 들려온다. 역시나 반복 학습 효과란 무서운 것임을!

할머니도 여기 잠깐 앉아 보셔요오. 볼수록 괜찮은 그룹이에요. 팀의 이미지는 뱀파이어. 보이스랑 댄스, 분위기 정말 최고라니까요.

근데, 재은아, 엔하이픈(ENHYPEN), 그게 대체 무슨 뜻이니?

정인은 평소 습관대로 우선 그룹의 명칭과 의미부터 확인하려 든다.

그냥 뭐 문장의 부호, 하이픈(-) 있잖아요. 우리말로는 뭐라 하면 될까요. 그러니까 단어와 단어 사이를 이어 한 단어로 사용하는, 단어 가운데의 짝대기 같은 거, 그거 있잖아요.

아, 하이픈. 우리말론 붙임표라든가, 단어와 단어의 의미를 이어주는 연결 부호, 가운데 작대기.

정인이 맞장구를 친다.

그러니까요. 하이픈이 단어와 단어를 이어 새로운 의미를 창출하듯, 사랑, 세대, 세계를 연결하여 서로 감싸고 포옹하고 이해하고 성장해 가자는 의미래요. 또한 '엔하이픈 XO'에서 'XO'의 의미란 반대 혹은 승락을 표현하는 표시이자, 말 대신 해줄 수 있는 입맞춤(X)과 포옹(O)의 의미도 있다는 거에요. 어쨌든 매우 심플하면서도 황홀하고 몽환적인 느낌의 이지팝(easy pop)이랄까요. 팬덤명은 엔진(ENGENE)이에요. 그러니까 이제부터 할머니도 엔진의 멤버, 그 1인이 되시는 거에요.

재은이 과연 광팬다운 완벽한 설명을 덧붙인다. 미국에 간 지

근 5년째인데 아직 한국어를 그렇듯 온전히 기억하고 있는 재은이 기특하여 정인은 환한 미소로 응수한다. 어렸을 적부터 재은은 언어 구사에 재능이 뛰어나 종종 주위에 놀라움을 주곤 했다. 미국 간 후에도 가족 중 가장 영어 습득이 빠르고 적응력이 뛰어나 적이 마음을 놓이게 하는 아이였다.

재은이 현재 미국 미들 스쿨 과정의 7학년이라니 한국으로 치면 중2 정도 된다고 할까. 정인이 보기에도 중2라기엔 판단력이며 어휘력이 그 나이 또래의 평균치를 훨씬 웃도는 수준이라 내심 감탄을 금치 못한다. 재은은 '엔하이픈 XO'의 의미에 대해 좀 더 명확한 부언 설명을 하며 정인에게 반복 학습을 시도한다.

세대와 세대 간, 인종 간, 문화와 문화 사이의 어쩔 수 없는 거리감 뭐, 그런 걸 하나로 이어 화합하게 한다는 의미. 앞부분 엔(EN)은 영어의 prefix, 즉 접두사로, '무엇이 되게 하다'란 의미거든요. 우선 할머니와 저도 지금 이렇게 앤하이픈의 노래를 즐기며 세대를 넘어 하나로 뭉치고 있잖아요.

재은은 어느새 엔하이픈의 경쾌한 리듬에 맞춰 가볍게 스탭을 밟으며 TV앞으로 다가간다. 절도 있게 몸을 흔드는 폼이 여간 유연하질 않아 정인은 거듭 감탄한다. 어렸을 때부터 음악만 들으면 남실남실 춤을 추곤하던 아이였기에 그닥 놀랄 일은 아니었으나, 한동안 서로 떨어져 살다 보니 그러한 모습조차 더욱 신선하고 놀라워 정인의 입가엔 웃음꽃이 만발한다. 싱어 멤버들을 하나하나 손가락으로 가리키며 다시금 그들의 이름을 읊어준다. 할머니, 그룹 멤버가 총 7명, 7인조 그룹인데요, 싱어들 이름 얼른 다 외우셔야 해요. 제가 이따 테스트 할 거예요. 아셨죠?

  문득 어린 시절의 응석과 장난기가 배어나는 음성으로 재은이 채근한다. 애가 리더인 정원, 애는 성훈, 선우, 니키, 희승, 제이, 제이크. 팬덤명은 엔진(ENGENE)이랬어요. 꼬옥 기억하셔요.

    황혼이 내릴 때
    네 모든 꿈을 이루어줄게
    나 너의 지니가 되어줄게
    날 움직이는 단 하나의 열쇠
    나를 사용해

  7인의 멤버 전원이 한결 같이 잘생기고 개성 있고 멋있기는 했으나 도무지 깎아놓은 조각품처럼 천편일률적인 외모에 비슷비슷한 몸매들이라 때론 도무지 구분이 안 되어 정인은 진땀을 빼며 한참이나 그들을 노려본다. 그러나 개개인의 구별은커녕, 겨우겨우 머리 빛깔이나 옷으로 극히 미소한 차이를 느낄 수 있을 뿐임에 절망한다. 한숨이 절로 나온다. 차라리 어렸을 때처럼 함께 춤을 추자고 보챌 때가 더 나았던 것 같아 문득 정인의 입가에 실소가 피어난다. 어린 시절, 퐁당퐁당 돌을 던지자, 누나 몰래 돌을 던지자. 그런 따위 동요를 부르며 둘이 오른팔, 왼팔을 번갈아 바꿔 끼며 포크 댄스를 추던 시절. 그땐 재은이 정인보다 훨씬 키가 작아 각각 한 손을 맞잡고 몸을 돌릴 때면 무릎을 살짝 굽혀 힘들게 턴을 해야만 했었다. 재은은 장난감 마이크를 입에 대곤 긴 시간 노래 부르길 즐겼고, 학교 놀이를 할 때면 반드시 본인이 교사 역을 맡아야만 했고 정인이 학생 노릇을 해야 했기에 때론 정말 힘들고 쉽지 않은 역할이었으나 재은은 근 몇 시간씩이나 그러고 놀기를 좋아했다. 병원 놀이를 할 때는 본인이 꼭 의사 역할을 맡아 체온을 재고 청진기로 가슴을 진단한 후 정인의 팔에 장난감 주사기로 주사를 놓곤 가짜약을 처방해주곤 함이 상례였다. 그러나 그렇게 함께 놀다 헤어질 때면 베이비 시터에게 어린 재은을 맡긴 채 살짝 몸을 빠져나와야만 하는 일이 너무도 괴롭고 힘들어 정인은 매번 가슴이 미어지곤 했다. 하머니…, 하고 주위를 두리번거리며 갑자기 사라진 정인을 찾아 울음을 터뜨리던 재은의 애달픈 모습은 늘 눈물겨운 이별 장면이었고 정인은 절대 그 순간을 잊을 수가 없었다.

한국에서 함께 지내던 어느 하루, 정인은 문득 옛일들을 떠올리며 재은에게 물었다.
재은인 어렸을 때 교사도 좋아했고 의사 역할도 즐겼고, 아, 그리고 또 춤추기, 노래하기도 무척 좋아했는데 장차 가장 하고 싶은 일은 뭐니?

글쎄요, 실은 공부도 좋지만 가장 하고 싶은 일은 모던 댄스예요. 그리곤 그림, 글쓰기 등등, 뭐든 고루 다 해보고 싶어요. 재은의 명쾌한 대답에 정인은 말없이 고개만 끄떡여 보였을 뿐이었다.

서판교 운중천변 카페촌을 홀로 거닐던 날, 재은은 나름 확고한 하나의 깨달음을 얻었다. 미국이건, 한국이건, 이젠 어딜 가나 공연히 외롭고 슬픔에 잠기는 일은 거의 없으리란 것. 예컨대 소위 향수병이란 것으로부터도 어느 만큼은 벗어날 수 있으리란 결론을 내렸다. 근 5년만에 해후한 판교의 옛친구들로부터 얻게 된 엄청난 기쁨이 더욱 그러한 결론으로 이끌었음은 자명했다.

재은이 작은 깨달음 속에서 나름 한가닥 힘과 위안을 얻고 돌아온 그 밤, 정인은 집에서 혼자 눈 빠지게 재은을 기다리며 온갖 아이디어를 짜내어 인터넷을 검색했다. 주로 해외 공연 스케줄이 많은 편인 엔하이픈 XO의 공연 일정 중, 마침내 7월말 국내 공연이 있음을 발견했다. 눈이 번쩍 뜨였다. 잠실 올림픽 체조경기장에서 열리는 7월 말 국내 공연 티켓을 예매할 생각에 정인은 내심 회심의 미소를 지었다. 이제 둘이 함께 명동에 나가 엔하이픈의 기념 앨범과, 에코백, 티셔츠 등 다양한 굿즈를 원없이 사주면 되리라 생각했다. 그러나 엔하이픈, 그들의 공연 티켓을 구매하는 과정은 예상보다 훨씬 어려운 일이었다. 이미 한 달 전부터 거의 매진 상태였고, 대기자 명단에 겨우 이름을 올린 후 하릴없이 기다리다 보면 간혹 미리 예매한 사람 중 종종 티켓팅을 취소하는 경우가 생겨 요행히 표를 구할 수가 있는 상황이었다. 그러나 미리 포기할 필요는 없었다. 「콘서트 티켓, 없으면 훔쳐라!!」 티켓팅 사이트의 홍보 문구가 더없이 자극적이라 정인 또한 전에 없던 투지를 불사르며 티켓 구매에 열을 올렸다.

정인은 하루에도 몇 번씩 인터파크 사이트를 들락거리며 재은 몰래 깜짝 선물을 마련하려 부단히 노력했다. 그 결과 마침내 정인은 마치 꿈결처럼 2장의 티켓을 구매하는 데 성공했다. 정인은 아이처럼 기뻐 어쩔 줄을 몰랐다.

재은이 판교의 친구들을 만나고 귀가한 다음 날 아침, 정인은 재은에게 엔하이픈 공연 티켓 2장을 내밀며 이왕이면 옛친구들과 함께 공연을 보러 가는 게 어떨까 제안했다.

진짜요? 할머니이! 오오, 대박, 진짜 대박예요, 나이스 짱~~!!! 재은이 기쁨에 차 소리치며 방안을 빙빙 돌았다. 친구들이랑 엔하이픈 공연을 볼 수 있다뇨. 늘 화면이나 사진을 통해서만 보던 멤버들을 직접 보게 되다뇨. 넘넘 감사해요, 할머니이. 재은이 빠른 스텝으로 몸을 흔들며 즐거운 비명을 토했다.

그뿐인가. 재은은 곧바로 판교 친구들의 단톡방엘 들어가 티켓을 올리며 함께 참석할 것을 독려, 여덟 명 전원의 동의를 얻는 성과를 올렸다. 그들은 이미 아이돌 그룹의 공연 티켓을 구하는 일엔 어느만큼 이력이 난 친구들이었다. 그들은 무려 일반 티켓의 근 두 배에 달하는 스페셜 티켓을 구입하는 뜨거운 열의를 보여 재은을 놀라게 했다. 재은은 다시 한번 멋진 동창회를 갖게 되었다며 환호했다.

한여름밤, 친구들과 함께 엔하이픈 XO의 공연을 보고 귀가한 재은은 두 볼이 발그레 상기되어 마치 딴 세상을 다녀온 느낌을 주었다.

할머니, 엔하이픈 멤버들, 직접 보니 다들 더더 멋있던데요. 진짜 모두모두 짱이고 정말 환상이었어요. 재은은 감동에 찬 들뜬 음성으로 그렇게 말했다. 평생 잊지 못할 거에요. 고마워요, 할머니. 이번 한국 방문의 가장 멋진 선물이에요.

공연 실황을 더없이 실감나게 묘사하며 재은은 한참이나 흥분을 감추지 못하였다. 향기로운 녹음 속에서 펼쳐진 엔하이픈 XO의 공연. 그 뜨거운 열기, 온몸으로 환호하는 십대들의 열광, 싱그러운 여름밤의 화려한 불꽃놀이 등. 그 모든 것이 하나로 어우러져 더없이 풍성한 한바탕의 축제였음을 생생히 전하는 재은의 모습은 다시 판교 시절 어린 소녀로 돌아간 듯 더없이 행복한 모습이었다. 냉동실에서 바밤바 하나를 꺼내어 얇은 입술 사이로 깨물어 먹으며 한껏 소리 높이는 재은의 모습은 너무도 귀엽고 사랑스러웠다.

재은이 한국을 떠나야만 할 날이 다가왔다. 공항까지 배웅 나간 정인은 어쩔 수 없이 가슴에 점차 물기가 차오름을 느끼며 적이 당황했다. 그러나 절대 내색해선 안 될 일이다. 재은을 보내며 결코 약한 마음을 보여선 안 된다는 생각에 애써 표정을 관리하는 자신을 발견했다. 출국 수속을 마친 재은이 먼저 입을 열었다.

할머니, 저 이제 미국 가서도 절대 외롭지 않을 것 같아요. 할아버지 할머니, 두 분의 사랑과 친구들의 따뜻한 우정……. 바로 이러한 것들이 이번 한국 방문에서 얻어가는 가장 큰 소득이에요.

공항에서 헤어지는 순간, 재은은 정인의 품에 꼬옥 안기며 그렇게 속삭였다. 재은은 활기 찬 걸음으로 출국 게이트를 빠져나가며 정인을 향해 힘차게 손을 흔들어 보였다. 더없이 상큼하고 발랄한 재은의 뒷모습이 뿌옇게 정인의 시야를 흐려왔다.

운중천의 안개

오늘도 그녀는 개울 길을 따라 마냥 걸어간다. 하천변엔 온갖 봄꽃들이 활짝 피어나 그녀의 눈길을 사로잡는다. 이곳 신도시가 들어서며 좁다란 내를 개발하여 이렇듯 제법 널찍하고 자연 친화적 개울로 조성하기까지 누구의 발상인지는 모르나 그녀는 그저 그 모든 것에 감사의 마음이 들 뿐이다. 나이 들어가며 세상만사 누군가에게 감사하는 마음을 갖게 됨은 스스로 생각해도 기이한 일이 아닐 수 없었다. 요즘 들어 눈에 띄게 절감하는 현상이라 할까. 그건 알다가도 모를 일이었다. 그를 만나 아릿한 감정을 품게 된 이래, 마음 깊은 곳에 한 그루 꽃나무가 자라듯 점차 바뀌게 된 놀라운 변화인지도 몰랐다.
 청계산 국사봉 산지에서 발원하여 운중동과 판교동을 거쳐 탄천에서 합류하여 한강으로 흘러드는 길이 약 8Km의 운중천. 그곳이 없었다면 아들네 집이라고 당분간 옮겨 온 나날이 참으로 삭막하기만 했을 것이다. 국내 굴지의 기업, S사에서 갑자기 미국 휴스턴 지사로 발령이 난 아들네를 대신하여 홀로 된 그녀가 단지 몇 가지 짐을 꾸려 살던 집을 전세 놓곤 큰 짐들은 정리하여 급히 아들네로 이사 온 건 순전히 그녀의 아들에게서 나온 발상이었다.

어머니, 저희 동네에 와서 한번 살아보세요. 조용하고 환경 좋고요, 시끄러운 거 싫어하는 어머니껜 아마 글쓰기 최적의 장소일 겁니다. 그리고 어머니 집은 교통 좋고 입지 좋은 역세권아파트라 아마 월세로 내놓아도 금방 나갈 거 같아요.

아들은 미국으로 떠날 준비를 하며, 몇 해 전 홀몸이 된 그녀의 안위를 걱정하며 그런 대안을 내놓았다. 그러니까 그녀의 아파트를 월세로 놓아 생활비를 충당하며, 거주는 자신의 집으로 이사와 맘 편히 살라는 것. 은행 이율도 형편없이 낮은 판국에 유럽풍 자신의 멋진 전원주택을 남에게 전세로 내놓고 떠나느니, 관리며 뭐며 육친인 그녀가 와서 머물길 바라는 아들의 마음도 충분히 이해가 되긴 했다. 때문에 환경도 좀 바꿔 볼 겸 결국엔 그녀도 아들의 생각에 흔쾌히 동의할 수밖엔 없었다. 그런데 의외로 결과는 대만족이었다. 서판교 운중천, 그 천변을 따라 즐비하게 들어선 온갖 이국적 느낌의 카페와 음식점들이 더없이 독특하고도 이색적인 분위기라 마치 해외에 온 듯한 느낌을 줄 뿐만 아니라

갖가지 식당의 메뉴와 맛 또한 꽤나 다양하여 선택의 여지가 많아 좋았다.

첨에 그녀가 이사를 다소 망설였던 것은 산기슭에 자리한 주택가, 소위 타운 하우스라 부르는 단독 2층 주택가에 다소의 위화감이 느껴져서였다. 집집마다 나지막한 담장이 둘려져 있고 도무지 인적이라곤 없고 조용하고 사람 냄새가 안 나 때론 적막감이 감도는 동네라는 게 묘한 이질감이 느껴지고 맘에 걸렸다. 그건 순전히 미대 출신 며느리 고유의 취향이기에 어쩔 수가 없는 일이었으나 막상 이사를 와 보니 나이 들어 한번쯤은 그런 분위기에 젖어 살아보는 것도 썩 괜찮은 일임을 깨달았다.

또한 혼자 사는 집치곤 너무 넓어 지나친 호젓함이 문제였으나, 마침 임신과 함께 직장을 쉬게 된 딸의 신혼집이 분당이라 수시로 차를 몰고 달려오는 통에 도무지 적요할 틈이 없을 정도였다.

그를 만난 시기. 그때가 바로 판교로 이사 온 직후 그 즈음이었다. 어떤 만남이든 시기가 중요한 법이다. 낮엔 글을 쓰다 잠깐 나와 운중천을 산책하고 집 뒤의 야산을 오르고 바로 인근의 시설 좋은 도서관엘 가서 책도 읽고 비교적 충일한 하루를 보낼 수 있었으나 문제는 밤이었다. 사위가 온통 어두워진 밤이 오면 동네 곳곳, 그리고 2층집 공간마다 달려있는 CCTV의 감시에도 불구하고 어쩔 수 없이 엄습해오는 약간의 외로움과 공포는 실로 속수무책의 감정이라 쉬이 떨쳐내기가 힘들었다. 5년 전 돌연 병으로 사별한 남편 생각이 절로 나는 시간이었다. 그럴 때면 오직 독서와 TV 시청만이 그녀의 유일한 돌파구였다.

2층은 주로 테라스 외 아들네의 짐들로 채워져 그녀의 생활공간은 주로 1층이었으나, 이따금 커피를 뽑아 들고 2층 테라스에 올라 주위를 둘러볼 때면, 봄볕 가득한 한낮의 고요함 속에 스며오는 근원 모를 외로움에 커피 잔을 든 손에 알 수 없는 떨림이 전해올 때도 있었다. 바로 그럴 즈음, 초교 동창 L에게서 동창회 소식이 날아왔다. 초교 동창이면서도 어쩌다 보니 중·고교까지 함께 다니게 된 L은 그녀의 몇 안 되는 절친 중의 한 명이라 할 만했다. 강남에서 한정식집을 운영하는 L은 워낙 사람 좋아하고 인맥이 넓어 오래 전부터 각종 동창회를 이끌어 오며 회장이며 대표 등을 맡고 있었으나 그녀는 결코 그런 성향이 아니었다.

결혼 전 잠깐 교직에 몸 담았던 그녀는 비교적 늦깎이로 작가가 된 이래 그저 조용히 글이나 쓰며 혼자 지내길 좋아하는 편이었다. 만약 그녀가 L의 수준으로 인간관계를 관리해 왔다면 하루 24시간이 짧을 만큼 시간에 쫓겨, 글 같은 건 도저히 쓸 수 없을 것임이 확실했다.

핸드폰을 통한 L의 생기 있는 음성이 그녀의 뇌수를 자극해왔다. 너 혹시 5학년 때 너랑 친했던 반장 아이 생각나니. 한상헌이라고, 왜 그 병원집 아들 있잖니. 공부도 잘하고 귀티나고 착했던 애. 지난 번 동창회 갔더니 첨으로 걔가 나왔더라고. 근데 그 범생이가 부반장이던 네 얘길 하는 거 있지. 보고 싶다고. 꼬옥 널 한번 만나고 싶대. 담 모임 땐 널 꼭 델고 오라던데…… 같이 가자아.

언제 들어도 나이에 비해 발랄하기 그지없는 L의 경쾌한 음성이 그녀의 가슴을 울려왔다. 주로 적산가옥이 많았던 청파동 언덕 위 유서 깊은 초등학교. 그 동네 다운타운에 자리한 그애의 집은 당시 병원 간판이 걸린 매우 번듯한 이층 양옥으로 야트막한 담장 위론 유독 새빨간 빛깔로 향기를 내뿜는 줄장미 덩굴이 지나가는 이의 시선을 사로잡았다. 상헌. 병원집 아들인 그는 내 짝이며 동시에 우리 반의 반장인 아이였다. 그러니까 아직 모든 것이 궁핍하던 그 시절 유난히 부티나고 귀티 있고 준수한 아이라 도무지 결핍이라고는 없어 보이는 전형적인 모범생 타입의 남자애였다. 그럼에도 나대거나 잘난 척 하는 유형이 전혀 아닌, 차분하고 착실하고 선한 성품이라 도무지 흠 잡을 데라곤 없는 점이 그의 흠이라면 흠이었다.

지금도 또렷이 기억나는 어느 하굣길, 언덕 위에 자리한 학교를 벗어나 주택가인 동네 비탈길을 마악 내려오고 있을 때였다. 잡아라아! 느닷없는 함성과 함께 한 떼의 머슴애들이 우르르 가파른 언덕을 달려 내려오며 그녀를 향해 소리쳤다. 어안이 벙벙

하여 오똑 멈춰 선 그녀의 주변으로 한 무리의 남자 아이들이 다가와 그녀를 에워쌌다. 악발이 계집애, 깨부수자아! 누군가 소리치자 그녀를 가운데로 남자애들이 점차 가까이 다가왔고, 저마다 신발주머니를 휘두르며 그녀를 향해 원을 좁혀왔다. 여남은 명의 한반 애들이었다. 그런데 아, 그 중에는 상헌의 모습도 보였다. 얼굴이 붉게 상기된 채 평소의 침착한 모습은 간곳없이 온통 진땀을 흘리며 어쩔 줄을 몰라 하는 모습이었다. 순간 그녀는 자신의 유일한 무기를 꺼내들 수밖엔 없음을 직감했다.

야, 니네들 뭐냐, 치사하게!!! 1대 12로 덤비다니. 니네들 남자 맞니. 니들, 전부 이름 적어 선생님께 알린다아. 그녀는 질세라 눈을 똑바로 뜨곤 악을 썼다. 평소 부반장의 임무로 학급 질서나 규칙을 위반하는 경우, 어김없이 이름을 적어 담임에게 전달하는 것이 그녀의 역할이기에 전혀 이상할 게 없는 일이었다. 바로 그러한 역할로 인해 때론 학급의 아이들로부터 강한 반발과 원성을 사게 됨을 그녀도 모르는 바는 아니었으나 학급 통솔을 위해선 어쩔 수가 없는 일이었다. 반장인 상헌이 너무도 온순하여 상대적으로 부반장인 그녀가 더 악역을 담당해야 함은 피할 길이 없었다. 완장의 특권을 백분 발휘한 순간적 모면. 그러나 역시 효과는 만점이었다.

그녀를 에워싸며 거칠게 다가서던 아이들이 모두 주춤주춤 뒷걸음질을 치더니 순식간에 다 달아나고 오직 한 아이만 남아 있었다. 상헌이었다. 심히 무렴한 낯빛으로 눈을 내리 깔며 그가 작은 소리로 웅얼거렸다. 내가 하지 말라고 말렸는데도…… 미안해. 상헌이 그렇게 말하는 순간 느닷없이 그녀는 울음보를 터뜨리고 말았다.

    몰라 몰라!! 한상헌, 너 내 짝 맞니, 바보바보……!!

    다소는 과장된 몸짓으로 어깨를 들썩이며 울음보를 터뜨리는 송하의 모습에 상헌은 귀갓길 내내 위축된 모습이 되어 터덜터덜 그의 병원집을 향해 걸음을 옮겨갔다. 잘가. 미안해. 헤어지는 순간, 고개를 떨구며 그렇게 말하던 기 죽은 모습. 하 많은 세월이 흘러도 상헌과 그녀의 만남에서 가장 아릿한 기억으로 남아 있는 장면이었다.

    L의 말은 좀 더 지속되었다. 걘 완전 착하고 무공해 인간 같더라. 어렸을 때 아버지 병원에서 늘 아픈 사람들만 봐 와서 병원 이미지가 참 싫었대. 그래서 부모님이 원하는 의대를 기피하곤 공대를 지원, S대 화공과를 졸업하곤 계속 대기업에 근무했대. 주로 해외엘 많이 나가있었고 그래서 두 아들은 지금 미국에서 대학 다니고, 부인이랑 둘만 들어와 산댄다. 집이 개포동이라던가, 암튼 채송하, 널 빨리 보고 싶다니 다음 동창회엔 꼬옥 함께 가는 거다. 아, 네 전화번호를 물어서 알려줬는데 괜찮겠지.

    L이 전해 준 말을 곱씹으며 그녀는 생각했다. 아직도 초등학교 친구들을 만나고 싶어하는 부류가 있다니! 그 까마득한 세월을

거슬러 얼굴조차 가물가물한 존재들이 아닌가. 그래도 찬찬히 돌이켜보니 아득한 세월 저 너머로 아련히 떠오르는 몇몇 얼굴들이 있긴 했다. 그중에 으뜸이 5학년 때 한반이었던 반장 상헌이었다. 적어도 그애에 관해서라면 바로 엊그제 만나고 헤어진 듯 그의 모든 것이 생생히 기억에 남은 참으로 알다가도 모를 일이었다.

그로부터 며칠 후 뜻밖에도 상헌에게서 전화가 왔다. 핸드폰 연락처에 저장되지 않은 낯선 번호라 잠시 망설였으나 왠지 예감이 좀 이상하여 그녀는 다소 긴장된 음성으로 전화를 받았다.

여보세요. 채송하씨 전화 맞습니까. 중간 정도의 톤에 매우 부드럽고 온화한 느낌의 남자 음성이 귀를 울려왔다. 네에, 그런대요. 누구시지요?

그녀의 음성이 알 수 없는 긴장으로 가늘게 떨렸다. 저어, C초등학교 동창 한상헌인데요, 기억하실지 모르겠습니다. 아, 바로 그 애, 내 짝 상헌이가 전화를 한 것이다. 헤어진 지 무려 반세기가 훌쩍 지난 장년長年의 나이에!! 가슴 한켠에 구멍이 난 듯 쏴아, 그리움의 물살이 밀려왔다. 그러엄, 당연히 기억하지. 내 짝이었잖니. 반장이었고. 너 어렸을 때 참 점잖고 멋있었어.

그녀의 말에 그가 낮게 웃었다. 나지막하고도 정감 깃든 음성이 그녀의 마음을 울려 왔다. 그로부터 며칠 후 초등학교 동창,

운중천의 안개

송하와 상헌의 만남이 이루어졌다. 장소는 상헌이 차를 갖고 판교로 오겠다고 하여 주차장이 넓고 찾기도 쉬운 도서관, 그곳 로비에서 만나기로 약속을 했다. 그와 통화하고 만남이 이루어지기 전까지의 7일간은 온갖 상념으로 거의 감정의 갈피를 잡을 수가 없었다. 너무도 오랜 세월이 지난 후의 재회인 까닭에 더없이 천진하고 순정했던 시절을 소급하여 끝없는 회상의 미로를 더듬어 오르내릴 뿐, 이렇다 할 감정의 선명한 빛깔을 잡을 수가 없는 나날이었다.

마침내 그를 만나기로 한 날 아침. 나이가 들어도 비교적 긴 머리를 고수했던 그녀는 대저 어떤 머리형을 하고 나갈까 고심하며 한동안 거울 앞에 가만히 앉아 있었다. 그녀는 유난히 어린 시절부터 긴 머릴 선호하여 아침이면 바로 밑 두 살 아래 여동생의 머리까지 촘촘히 땋아 주곤 하던 언니였다. 다섯 남매를 낳아 키우느라 늘 일손 바쁜 어머니 대신 자신의 머리는 스스로가 손질해서 다니곤 하던 습성 탓일까. 성인이 되어서도 미장원엘 자주 드나드는 유형은 아니고 성능 좋은 드라이어와 고데기를 마련, 집에서 혼자 머리 손질하길 즐겨했다. 뭐 특별한 기술이 있다고 할 순 없었으나 본인의 얼굴형에 맞는 자연스러운 스타일을 좋아했다.

그녀는 초등학교 시절, 주로 머리를 뒤로 모아 하나로 묶는 말

총머리에 화려한 리본으로 포인트를 주곤 했던 기억이 났다. 양장점을 하는 작은 집에 가면 예쁜 천은 얼마든지 구할 수 있었기에 더없이 고운 리본이 많았고, 그것으로 혼자 다양한 변화를 주며 머리 손질을 하는 게 취미였다. 초교 시절을 회상하며 그녀는 정성껏 머리에 컬을 주며 뒤로 넘겨 하나로 묶었다. 그래 봐야 어린 시절의 모습과는 한참 차이 나는 나이 든 여자의 모습일 뿐이겠으나 적어도 상헌에겐 옛날을 연상할 수 있는 작은 이미지라도 하나 안겨 줌이 좋을 듯한 생각에서였다.

송하, 예전 모습 많이 남아 있네. 못 알아보면 어쩔까 염려했는데…….
도서관 정문을 밀고 들어오는 남자의 모습이 상헌임을 그녀는 한눈에 알아보았다. 온유하고 중후한 모습의 노신사. 희끗희끗한 반백의 머릿털이 그가 걸친 짙은 브라운 색상 트렌치코트와 너무도 잘 어울리는 적당한 몸피의 분위기 있는 남자. 드넓은 도서관 로비 한켠에 앉아 일간지를 뒤적이는 검정 원피스, 잿빛 코트에 화사한 무늬 녹색 실크 머플러를 두른 그녀를 향해 남자가 성큼성큼 다가갔다. 여자가 일간지에서 눈을 떼곤 남자를 바라보았다.
아, 상헌!! 송하 맞죠??
두 사람이 반갑게 악수를 나누었다.

많이 안 변했네. 상헌이 먼저 그녀를 바라보며 말했다. 그쪽도요. 그녀가 웃으며 응수했다.

꼬맹이 때 친구인데 우리 서로 말 놓기로 해요. 너무 이상하다. 상헌이 소년처럼 수줍게 미소 지으며 말했고, 그녀도 기꺼이 그의 말에 동의했다.

둘은 그녀의 안내로 운중천을 거닐며 많은 얘길 주고 받았다. 근 50여년의 세월을 건너 뛰어 완전 초등학교 시절로 돌아간 느낌이었다. 그는 운중천이 무척 맘에 든다며 감탄을 거듭하였고 또한 하천 주변이 매우 이색적이고도 운치가 있다고 말했다.

우리 동네 양재천과는 또 그 느낌이 다르네. 뭐랄까, 거기가 더 넓고 스케일이 크긴 한데 여기처럼 이렇게 자연 친화적이고 정갈한 맛은 덜하달까. 운중천을 둘러보며 포근히 미소 짓는 그로 인해 운중천이 더 멋진 곳으로 화한 듯한 느낌을 지울 수 없음에 그녀는 가슴이 뛰었다. 일상이듯 매일 거닐던 똑같은 장소, 똑같은 시간이련만 누구와 함께 하느냐에 따라 이렇듯 그 느낌과 정서가 다를 수 있다는 사실이 놀라웠다.

실은 미국에서 네가 작가가 된 사실을 알았어. 어느날 시립 도서관엘 들려 한국 신문을 훑어보다가 네 이름과 사진을 발견했지. 워낙 이름이 독특하잖아. 채송하. 그 이름과 사진을 보는 순간 어찌나 반갑고 놀랍던지……. 당장 네게 전화를 하고 싶었는데 차마 그럴 용기는 나질 않았지. 그렇게 오랜 세월이 흘렀는데도 마치 엊그제 널 만나고 헤어진 듯한 야릇한 친밀감. 그게 바로 어린 시절의 동무인 것인지, 스스로도 놀라웠어.

약간의 홍조를 띈 상헌의 눈빛이 어린 시절의 그 영민했던 모습만큼이나 반짝임이 느껴져 와 그녀는 감탄했다. 실은 나도 네 전화 받고 어쩜 그리 오랜 시간을 건너 뛰어 격의없이 반가운지 깜짝 놀랐어. 살풋한 미소로 속내를 털어 놓는 그녀를 향한 그의 눈빛에 벅찬 감동이 일렁였다.

그들은 마악 봄꽃이 피어나기 시작하는 운중천을 따라 시간도 잊은 채 한참을 걸어갔다. 천변을 따라 이어진 아기자기한 식당 중 어느 이태리 음식점에 들어가 와인을 곁들인 늦은 점심을 먹었다.

송하, 너 초교 때 되게 예쁘고 깜찍했던 게 기억 나. 여동생이 없어서 늘 허전했는데 옷차림이며 머리 장식이며 늘 뭔가 눈에 띄고 예쁘다는 생각을 했었어. 그후 줄곧 남학교에만 다녀 여학생을 볼 기회가 없었기에 더욱 네가 기억에 남은 지도 모르겠다.

대학 시절도 있었잖니. 그땐 여학생들 얼마든지 볼 수 있었을 텐데…….

그때도 공대라 여학생이 극히 드문 시절이었거든. 오직 도서관과 강의실만 왔다 갔다 하느라 사실 연애 같은 것도 제대로 못하고 넘어갔지, 뭐.

네가 워낙 범생이라서…… 알만 해.

상헌이 잔잔히 웃으며 송하를 바라보았다.

그럼, 송하 넌 연애 많이 했니. 성격이 워낙 활달한 편이라 남학생들과도 잘 어울렸을 거 같다. 초교 시절에도 남자애들이 꼼짝 못했지. 매일 고무줄 끊어다 바치고……ㅎ

반장인 내가 되게 소심하고 담력 없는 데 반해, 부반장인 네가 워낙 파워풀해서 콤비가 잘 맞았던 거 같애. 사실 그때 네 덕 많이 봤지, 학급 통솔 면에서. 새삼 고맙다!!

그랬었니. 난 네가 너무 의젓하고 든든해서 널 믿고 더 까불락거린 거 같은데. 공부 잘하고 집안 좋고 잘생긴 반장이 짝꿍이라니 빽이 되게 든든한 거지. 어려운 숙제 네가 얼마나 많이 도와줬니. 다 기억난다. 그후 나도 줄곧 여중, 여고, 여대를 나와 초교 때만큼 남학생들과 잦은 만남을 가질 기회란 없었다고 봐야겠지. 나도 새삼 고맙다아.

초교 시절을 회상하는 두 사람의 대화는 끝이 없었다. 만나기 전 그 오랜 세월의 공백을 어찌 메울까 싶던 기우는 완전히 사라지고, 밀리고 쌓인 얘기가 끝도 없이 이어져 갔다.

그녀의 집, 타운 하우스로 올라가는 언덕 입구에서 두 사람은 아쉬운 작별 인사를 나누었다. 근 50년만의 만남인데 우리 한번 안아 보자!! 헤어지는 순간, 갑자기 그가 송하를 와락 끌어 안으며 말했다. 너무도 얼결의 기습적 포옹이라 속수무책이기도 했으나 단지 그저 친밀감 어린 행동으로 받아들였을 뿐, 별다른 생각은 들지 않았다. 잘 자라, 송하! 그가 급히 손을 흔들어 보이며 달아나듯 골목을 향해 사라졌다. 개구장이! 그녀의 입가에 맑은 웃음기가 번져 갔다.

상헌을 만나고 돌아온 밤, 그녀는 이런저런 상념에 빠져 도무지 쉽게 잠을 이룰 수가 없었다. 12살 때의 순정한 이미지가 거의 원형질 그대로 남아 있는 놀라운 그의 모습에 적이 감동을 느낀 때문일까. 그 나이에 이르기까지 온갖 세상사에 시달리기도 했으련만 그리 크게 변화된 모습이 보이지 않음이 놀라웠고, 그건 아마도 그의 순후한 천성 때문이 아닐까 생각했다. 두 아들도 제대로 잘 성장하여 미국의 명문대생이 되었고, 귀국 후 대기업의 임원으로 퇴직, 계열사의 비상근 고문으로 고액 연봉보단 우선 시간적 여유 있는 길을 택한 까닭이 다 그럴만한 연유가 있음을 알고 나니 그녀는 심히 맘이 아렸다.

그의 아내가 근 3년째 암으로 투병 중이라는 말은 충격이었다. 미국에서 두 아들을 두고 급히 귀국한 까닭이 바로 아내의 방광암 발병 때문이었다며 그는 더없이 쓸쓸한 낯빛으로 말을 이었다.

수술을 해도 형제자매가 있는 한국에서 하고 싶다는 아내의 간절한 바람을 그는 결코 외면할 수가 없었다. 다행히 수술은 잘 되었고 별다른 후유증 없이 회복 중이라 다행이었다. 그러나 재발률이 매우 높아 수술 후 꾸준한 운동과 섭생에 많은 주의를 기울여야만 하는 병이었다. 따로 간병인을 두는 일도 번거로워 그는 일을 줄이고 자신이 직접 아내를 간병하기로 맘 먹었다. 그간 가족을 위해 더없이 희생적이었던 아내이기에 간병만은 꼭 자신이 직접 하고 싶었다. 일을 줄이고 되도록이면 아내 곁에 오래 머물 수 있는 길을 택한 것이다. 그의 그러한 결정에 그의 아내는 기쁨 반, 근심 반으로 우는 듯 웃는 듯 묘한 모습을 보였다.

그러다간 당신마저 환자 곁에서 침체될까 걱정이에요. 남자는 그저 매일 일이 있어 출근하는 모습이 더 활력 있고 좋아 보이거든요. 더구나 당신은 아직 60대 초반의 매우 능력 있고 건강한 남자예요. 나 땜에 위축될 건 전혀 없어요. 말은 그렇게 하면서도 아내의 낯빛엔 밝은 기운이 스침을 그는 놓치지 않았다.

그런 과정을 거쳐 그는 주 1회 회사에 나가 회의에 참석하고 재택근무를 주로 하는 비상임 이사직을 맡게 되었다. 매일 출근을 하지 않아도 되자, 아내를 간병하는 외 시간적 여유가 생겼고, 그즈음 우연히 초등학교 때의 절친과 연락이 닿아 동창 모임엘 나가게 되었다. 그리고 거기서 L을 만나 송하, 그녀의 소식을 듣게 된 것이다.

초등학교 시절의 짝꿍, 그들의 재회는 서로의 삶에 상상 외의 무한한 기쁨과 활력을 안겨주었다. 우선 타임머신을 타고 순식간에 동심으로 돌아가는 마술과도 같은 짜릿한 스릴과 환열. 그런 감정이란 사실 여느 만남과는 완연히 구분이 되는 특별한 정서임이 확실했다. 두 사람이 함께 안개 자욱한 운중천을 걸을 때면 그녀는 마치 천상의 구름 위를 걷듯 아늑한 행복감에 빠지곤 했다. 그렇다고 손을 잡거나 팔짱을 끼거나 하는 일은 전혀 없었다. 다만 돌계단이나 징검다리를 건널 때면 상헌이 자연스레 손을 내밀어 그녀의 손을 잡아주는 정도의 스킨십이 있을 뿐이었다. 그러니까 세간의 눈으로 보는 성인 남녀의 만남과는 거리가 먼 그런 만남이었으나 두 사람의 감정만은 행복감이 목까지 차오르는 환희임을 숨길 수가 없었다.

그녀는 이따금 생각하곤 했다. 이런 만남이 과연 언제까지 이런 상태로 지속될 수 있을 것인가. 성을 배제한 성인의 만남이 과연 영구적일 수 있을까. 거기에 생각이 미치면 다소는 모호하고 혼란스러운 감정에 놓이기도 했으나 아직은 그렇듯 심한 갈등에 휩싸이는 단계까진 오지 않았음에 안도했다. 만일 그와 초교 동창이 아니라 성인이 되어 만난 사이였다면 지금과 같은 정서로 이어질 수가 있었을까. 그건 아마도 쉽게 장담할 수 있는 일은 아니라는 생각이 들기도 했다. 주로 상헌이 판교로 와 함께 점심을 먹고 운중천을 산책하고 커피를 마시고……. 그렇게 한 주에 한두 번 정도 지속적인 데이트를 해오던 어느 날 상헌이 말했다.

담 주에 부산 출장 가는데 송하랑 함께 갈 수 있을까. 바다도 보고 맛있는 회도 먹고!

늘 침착한 편인 그가 문득 생기 어린 모습이 되어 제안했다. 전혀 뜻밖의 일이라 그녀는 한동안 망연한 얼굴로 그를 바라볼 뿐 무어라 곧장 답을 할 수가 없었다. 상헌이 부언했다.

맘 안 내키면 동행 안 해줘도 괜찮아. 나 혼자 부산 가려니 송하 델꼬 가고 싶어서…….

단 호텔에 방은 따로 잡아줄게. 그가 짐짓 장난기 어린 미소를 지으며 말했다. 그녀도 따라 웃었다. 같은 숙소에 묵으며 방을 따로 잡아준다는 남자. 아무리 초등학교 동창이라지만 나이 들 만큼 든 사람들에게 그게 가능한 일일까. 잠깐! 생각 좀 해볼게. 그녀는 잠시 생각을 가다듬으며 심호흡을 했다. 우선 그와 함께 바다가 있는 남쪽으로 달려간다는 일은 더없이 즐겁고 유쾌한 일임이 분명했다. 그러나 그 다음의 행동은 어쩔 것인가. 그 다음의 일들이 도무지 명쾌한 사고로 이어지지 않음이 문제였다. 즐겁게 저녁을 먹은 후 그와 따로 방을 정해 잠을 자고 돌아온다. 거기에 생각이 미치자 뭔가 좀 어이없고 말이 안되는 얘기란 생각이 들었다. 전혀 때 묻지 않은 시절의 동심이 남아 있어, 만나면 언제든 그 시절로 돌아가 행복한 것이지, 성인들의 만남처럼 뻔한 수순을 밟게 된다면 그건 정말 아니란 생각이 들었다. 그러나 만일 호텔 방을 따로 잡고 경비도 공동 분담한다면 그건 한결 심적 부담을 덜어줄 것만 같았다. 그녀는 조심스레 상헌에게 자신의 의견을 전달했다.

어떻게 결정하든 송하 맘 편하면 난 무조건 오케이야. 장거리라 혼자 가긴 넘 무료할 것 같아서지. 상당한 고심 끝에 토로한 그녀의 말에 상헌은 매우 유쾌한 얼굴로 동의를 표하며 웃어보였다. 사람 좋아 보이는 따뜻한 미소. 상대를 완전 무장해제의 상태로 만들어버리는 특유의 저 미소! 그건 어쩜 그가 가진 가장 강력한 비밀 병기인지도 모를 일이라고 그녀는 그런 생각을 하며 혼자 웃었다.

여행을 떠나는 아침, 그녀는 큼직한 트렁크에 세심히 여행용품을 챙겨 넣었다. 예쁜 실내 슬리퍼와 잠옷까지. 몇 벌의 잠옷들 중 가장 화려한, 프릴 달린 옅은 주황빛 실크에 마음이 끌림은 스스로가 생각해도 진정 이해가 안 되는 일이었으나 어쩔 수가 없었다. 얼마 전 우연히 백화점에 들러 사놓은 후 단 한번도 꺼내 입지 않은 잠옷임에 생각이 미치자 그녀의 입가엔 자신도 모르게 실소가 번져갔다.

타운 하우스 언덕 아래로 서서히 상헌의 차가 들어오고 있는 게 보였다. 가슴이 뛰었다. 그녀는 급히 거실 창의 커튼을 닫은 후 가방을 챙겨 어깨에 메며 현관의 대형 거울을 바라보았다. 묶음 머리에 야구모를 쓴 경쾌한 차림 60대 초반의 여인. 그러나 무척 젊어 보이는 야구모와 스마트한 차림새로 인해 전혀 나이가 느껴지질 않는 모습이었다. 그녀는 환한 미소로 그를 향해 달려 나갔다. 마악 승용차에서 내려서던 그가 한 손을 번쩍 들어 보이며 그녀를 향해 미소 지었다. 그리고 보니 회의 준비로 평소와 달리 단정한 슈트를 갖춰 입은 상헌의 모습 또한 더없이 싱그럽고 멋져 보여 그녀는 내심 감탄하지 않을 수 없었다.

와우, 채송하, 오늘 너무 예쁘다!!

고마워. 땡큐. 한상헌 너도 참 멋지다.

4월 중순의 미풍이 볼을 간지럽히는 화창한 날씨, 상헌의 더없이 차분하고 유연한 운전 솜씨, 평일의 붐비지 않는 한산한 교통량, 뻥 뚫린 고속도로……. 그 모든 것이 너무도 완벽하여 외려 마음 한구석 근원 모를 불안감이 싹틀 정도였다. 상헌이 카스테레오에 음반을 넣자 조용하면서도 감미로운 음악이 흘러나왔다. 너무도 귀에 익숙한 곡. 토스티의 이상, 이데알레. 언젠가 카페에서 차를 마시며 두 사람이 들었던 너무도 감미로운 루치아노 파바로티의 음성. 그후 카페를 나와 운중천을 걸으며 그녀는 자신도 모르게 작고 가녀린 톤의 허밍으로 그 곡을 불렀던 기억이 났다. 사랑하는 이에게 바치는 더없는 이상과 찬미. 그녀는 뭉클한 감동에 젖어 이데알레의 헌시에 흠뻑 빠져들었다.

'난 당신을 평화의 무지개처럼 따라갔어요. 바로 하늘의 길을 통해서 말이에요.

　난 당신을 친근한 불빛처럼 따라갔어요, 베일에 감춰진 밤에 말이오.

　그리고 빛과 공기 속에서 당신을 만나고, 꽃들의 향기처럼 느껴졌지요.'

　지난 겨울 잔뜩 얼어붙은 몸과 맘으로 홀로 운중천을 걸을 때면 외다리로 홀로 서있는 흰두루미의 존재에 자주 눈길이 머물곤 했다. 꽁꽁 얼어붙은 개울에 외발을 딛곤 무언가를 기다리듯 하염없이 서있는 모습을 보노라면 마치 자신의 실체를 목격한 듯 외로움이 엄습해 옴을 피할 길이 없었다. 누군가 다가오는 기척이 느껴지면 반짝이는 얼음 발찌를 찬 채 순식간에 허공으로 날아오르는 모습이 짙은 공허감을 안겨줌은 알 수가 없는 일이었다. 아들네를 미국으로 떠나 보내고 아무도 모르는 낯선 동네에서 홀로 사는 까닭일까. 근원을 알 수 없는 외로움이었다.

　상헌을 만난 것은 바로 그즈음이었다. 그가 판교로 달려 와 둘이 함께 운중천을 걸을 때면 그런 외로움 따윈 씻은 듯이 사라지고 없었다. 바로 그러한 점이 그녀가 상헌을 전혀 경계하지 않고 마냥 지속적 만남을 이어간 가장 큰 원인이었을 것이다. 사실 그와의 만남에 전혀 걸림돌이 없을 수는 없었다. 그는 엄연히 유부남에 직장에서의 업무도 제한을 둘 만큼 세심히 돌봐야만 할 병든 아내가 있다. 그러한 사실을 한시도 잊지 않고 그녀는 늘 스스로를 견제하며 일정 선을 넘지 않으려 안간힘을 쓰기에 그나마 둘 사이가 보다 오래 지속되고 있는 것일지도 모른다. 지난 12월에서 5월 사이. 근 6개월간 그들은 최소한 일주일에 한 두번은 만남을 이어가고 있었다. 열애도 아니고 결코 불륜이랄 수도 없는, 초교 동창과의 만남. 하지만 그러한 우정은 그들의 무미건조한 삶에 엄청난 활력과 즐거움을 안겨주었다. 우선 판교로 이사 온 후유증으로 인해 그녀는 한동안 전혀 글을 못 쓰고 있는 상황이었으나, 그를 만난 후부턴 이상하게도 작품을 쓰고 싶다는 의욕이 불타오름은 스스로도 알 수가 없는 일이었다.

항구 도시 부산은 여전히 바람이 거셌다. 젊은 시절엔 어디선가 끊임없이 불어대는 그 바람결이 싫어 부산이란 도시에 좀체 정이 붙질 않았었다. 그러나 상헌과 함께라면 바람 따윈 전혀 개의칠 않다는 생각에 그녀는 혼자 가만히 미소 지었다. 바로 바닷가에 자리한 고급 호텔. 그곳에 미리 방을 예약한 그는 프론트를 거쳐 마치 오래된 부부처럼 그녀를 이끌곤 유유히 엘리베이터에 몸을 실었다. 그녀가 쿡 웃음을 터뜨리자 그가 물었다. 송하, 왜 웃지? 네가 너무 유연해서 마치 꾼 같단 생각이 들어서야. 그녀가 말하자 그도 웃음을 터뜨렸다. 출장 오면 늘 이 호텔에 묵는데 너를 내 아내처럼 대해야지 의심 안받지, 그럼 동창 티를 내야 하겠니. 그래서 실은 방을 두 개 잡지 않고 좀 넓은 방으로 하나 잡았어. 근데 걱정 하진 마. 그래, 알았어.

참으로 이상한 일이었다. 상헌, 그와는 마치 오래된 부부인양, 연인인양 전혀 스스럼 없음이 스스로가 생각해도 전혀 이해가 되질 않았다. 전생의 연인이었던 것일까. 호텔 방으로 들어서니 드넓은 창을 통해 시야 가득 아득한 코발트빛 바다가 출렁거렸다. 송하의 심장이 급히 뛰놀았다.

와아, 전망 좋다아! 그녀의 탄성에 창가에 나란히 서서 바다를 바라보던 상헌이 갑자기 그녀를 와락 부둥켜 안았다. 너무도 급작스런 그의 행동에 그녀는 적이 당황했으나 굳이 밀어낼 이유란 없었다. 그저 자연스레 그의 넓은 품에 얼굴을 묻으며 숨죽여 안겨있을 뿐, 아무런 저항도 보이질 않았다. 그가 가만가만 송하의 머릿결을 쓸어내리며 웅얼거렸다. 송하, 너 하곳길 언덕에서 봉변당할 뻔 한 거 기억하니. 그날부터 널 꼬옥 한번 안아주고 싶었는데 이제야 소원 푼다. 그는 다시 한번 힘주어 그녀를 꼬옥 껴안은 후 비로소 두 팔을 풀어 그녀를 놓아주었다.

회의 끝나는 대로 달려올게. 그동안 혼자 호텔 산책하며 작품도 구상하고 커피도 마시고 주변의 쇼핑 거리도 구경하고…… 잼나게 시간 보내. 되도록 빨리 올게. 현관을 나서며 그는 다시금 그녀의 어깨를 끌어 당겨 뺨에 살짝 입술을 대며 말했다. 어린 소년처럼 상기된 모습이었다. 잘 다녀 와. 회의에 집중하고!! 그를 배웅하며 그녀가 답했다.

　상헌이 호텔을 나간 후 짐 정리를 위해 그녀가 가방을 여는 순간, 따릉, 문자 수신을 알리는 핸드폰의 수신음이 들려왔다. 연락처에 입력이 안 된 모르는 번호였으나 얼핏 보이는 내용의 앞부분이 실로 심상칠 않아 그녀는 급히 문자를 클릭했다. 뜻밖에도 상헌의 아내가 보낸 것임을 알고난 그녀의 가슴이 급히 요동쳤다. 손이 막 떨려 와 간신히 장문의 내용을 읽어 갔다.

안녕하세요. 초면에 놀라실 거 같아 매우 조심스럽습니다.
저는 한상헌의 아내되는 사람입니다.
이렇듯 결례 무릎쓰고 문자 드림을 양해바랍니다.
이미 알고 계시겠으나 저는 사실 현재 건강 상태가
매우 좋질 않은 상황입니다. 실은 그이가 알고 있는 사실보다
훨씬 더 예후가 좋질 않아 스스로는 이미 생을 정리하는
단계에 와 있음을 직감합니다. 그러기에 이렇듯 송하님께
모든 것에 초연한 듯 담담한 글을 올릴 수 있는 용기가 난
것인지도 모릅니다. 그이는 매우 선량하고 좋은 남편, 아이들에게도 더없이 훌륭한 아빠임을 인정치 않을 수 없는 사람입니다.
이제껏 살아오며 평생 단 한 번도 제 마음을 언짢게 한 적이 없을 만큼 좋은 남편이기도 했고요.
그러기에 감히 부탁말씀드립니다. 간간이 제게도 얘기해오던 잊지 못할 초교 동창, 송하님을 만난 건 어쩌면 운명적이라고

밖엔 말할 수 없을 것 같습니다. 부디 그이에게 좋은 친구로 제가 못다 한 많은 걸 베풀어 주시기 바랍니다. 그이는 요즘 얼마나 밝고 기쁜 모습인지, 마치 어린 시절, 초교 때의 아이로 되돌아간 듯 더없이 즐거워만 보입니다. 송하님과의 만남도 전혀 스스럼 없이 제게 다 얘기해줍니다. 다만 송하님 전화번호만은 그이 몰래 제가 입력해 두었음을 밝힙니다. 언젠간 꼬옥 필요하리란 생각에서요.
시한부 아내를 간병하는 딱한 그이에게 기쁨과 활력을 안겨주시는 송하님께 다시금 감사드리며, 기운이 딸려 이만 줄입니다.
늘 건강하고 행복하시길 빕니다.

상헌의 아내는 어쩜 이번 출장길에 그녀와의 동행을 직감으로 알고 있었던 게 아닐까. 송하는 심한 충격으로 어지럽고 착잡하여 도시 마음의 갈피를 잡을 수가 없었다. 그를 통해 이미 자신의 존재가 그들 부부 사이에 공공연한 사실로 인지되고 있음을 알긴 했으나 막상 그의 부인으로부터 온 문자를 받고 보니 예상 외로 가슴이 떨리고 중심을 잡을 수 없는 심경이었다. 알게 모르게 그와의 관계가 이미 단순한 친구 사이의 수위는 넘어섰음을 부인할 길 없는 까닭인지도 몰랐다. 어쩔 것인가. 그는 도대체 어쩌려는 것일까. 아침에 그렇듯 기쁨에 찬 모습으로 호텔을 나서던 모습이 떠올라 그녀는 가슴이 먹먹해 왔다. 하지만 그의 아내가 아직

생존해 있는 이상 이렇듯 부도덕한 상황을 연출함은 절대 아니라는 생각이 들었다. 그런 결론에 도달하자 그녀는 마치 무엇에 쫓기듯 급히 다시 짐을 꾸리기 시작했다. 룸 한켠 장식장 위에 놓인 메모지에 눈길이 닿자 그녀는 급히 그에게 남길 메시지를 써내려갔다.

상헌, 너와의 재회에 이어 그간 너와 함께 한 순간 순간들. 그건 정말 내 생애 최고의 시간이었어. 끝내 말할 수 없는 이유로 이렇게 먼저 떠남을 부디 용서해주길 바래. 나의 영원한 짝꿍, 상헌에게, 한아름의 사랑과 우정을 담아……. 송하가.

차마 떨어지지 않는 발길을 떼어 그녀는 호텔 프론트에 메모를 전한 후, 어디론가를 향해 황황히 걸음을 옮겨 갔다. 사방에 저녁 안개가 자욱하여 앞이 잘 보이질 않았다. 항구 도시 특유의 안개. 그러나 조금만 걷다 보면 곧 길이 나타날 것이다. 그가 없는 그곳은 그녀에겐 이미 죽은 도시나 다름 없었다. 짙은 안개를 헤치며 그녀는 어디론가 계속 걸어갔다.

유폐幽閉

그들은 어머니를 버렸다. 그건 어머니를 여의고 49재를 지낸 후, 세 딸이 강원도 산골, 노모의 거처에서 유품을 정리할 때 낙뢰를 맞듯 뇌리를 때려 온 뼈아픈 자각이었다. 지나치게 청결하고 완벽한 노모의 평소 성격대로 유품 또한 더없이 깔끔하고 정돈이 잘 되어 있어 도무지 '정리'라는 의미가 더 이상은 불필요한 상태였으나, 그래도 어쨌든 버릴 것은 버리고 남길 건 남겨야만 하는 것이 유족이 치러내야 할 그들만의 몫이기도 했다.

건축가인 장남이 맏딸, 큰누나의 농장 한켠에 직접 설계하여 지은 15평 정도의 작은 집을 그들은 '엄마의 오두막'이라 불렀다. 맏딸과 맏사위가 은퇴 후 작은 농장을 사들여 텃밭 가꾸며 전원생활을 시작한 곳이라 어느 정도 맘을 놓긴 했으나, 그래도 어머니에겐 여전히 산 설고 물 설고 낯선 고장인 것을 간과했음이 불찰이었을까. 결혼 후 근 30여년간 어머니를 모셔 온 맏며느리가 점차 나이 들며 건강이 나빠지자 5남매가 모여 저마다 책임 회피, 궁지여책으로 짜낸 묘안이었다. 전직 교사였던 맏딸이 직장 다니는 며느리 대신 손주의 육아를 맡아 주말에만 농장엘 오는 힘든 여건에도 불구하고 맏사위가 상주하는 농장 한켠에 오남매가 각각 자금을 갹출, 엄마의 오두막을 지을 수 밖엔 없었던 건 기실 저간의 그러한 사정이 있었던 것이다.

어쨌든 엄마의 오두막은 언제부터인가 산골 마을에서 가장 '예쁜 집'으로 통하며 때론 집구경을 위해 일삼아 찾아오는 사람들이 있을 정도로 이름난 집이 되었다. 청정한 공기와 빼어난 경관, 파란 잔디 깔린 넓은 마당 아래로 시원한 계곡이 흘러 그야말로 산자수려한 곳. 바로 그러한 곳에 그림 같은 집을 짓고 어머니를 모시는 게 바로 효라고 생각한 그들의 결정은 과연 옳았던 것일까. 다섯 남매 중 그 누구도 그와 상반된 의견을 내는 자식은 없었다. 평생을 도심에서, 그것도 소위 서울 4대문 안에서만 살아온 노모의 도시적 감성과 성향을 몰랐다면 그건 정말 말이 안되는 소리였다. 다만 그때의 상황이 그만큼 절박하고 달리 대처할 묘안이 없어 속수무책 황황히 급조된 대책이라 한다면 그게 가장 정답에 가까운 결론일 것이다.

혜인이 오두막 엄마의 화장대 설합을 열자, 청색의 두툼한 노트 한 권이 눈에 들어왔다. 맨 첫장을 넘기니 눈에 익은 노모의 필체가 보였다.

'오늘 큰딸의 별장으로 이사왔다. 서울에서 옮겨 온 첫날 밤. 모두 새집이 예쁘다며 감탄을 하지만 내 마음은 오직 쓸쓸하기만 하다. 이제 정든 곳을 떠나 여기서 혼자 지내야만 한다. 마당을 사이에 두고 큰사위가 상주해도 밤이면 완전 적막강산, 고립무원의 상황이다. 유배지에 쫓겨 온 것과 무엇이 다른가. 다섯 자식이 있다 한들 늙마엔 혈혈단신, 외로움만 남았을 뿐이다.'

어머니의 일기는 좀더 길게 이어졌으나 혜인은 그만 서둘러 노트를 덮고 말았다. 금방이라도 울음이 터질 것 같아 더 이상은 도저히 읽어갈 수가 없었다. 가슴 한켠이 미어지게 아파 와 오두막 화장실에 들어가 수도꼭지를 틀곤 한참을 흐느껴 울었다. 그러나 언니와 여동생에겐 노모의 일기에 대해 함구하는 편이 더 나으리란 판단에 혜인은 슬그머니 자신의 가방 속에 그걸 집어넣는 것으로 끝을 맺었다. 세 딸이 동시에 또 아픔을 겪을 필요는 없다는 생각에서였다.

도시적인, 너무도 도시적인 성향의 노모에게 외진 산골의 오두막은 사실 말 그대로 유배지와 무엇이 달랐으랴. 기실 그건 오남매, 그들 모두의 성급함이 낳은 실책이며 각자 자기 편의를 위한 어느만큼의 기만임은 인정해야만 할 것이다.

이 머플러는 내가 가질게.

둘째딸 혜인이 망자의 장롱 옷걸이에 걸린 유품 중 가장 화려한 녹자색 실크 머플러를 손에 들며 말했다.

그래, 그건 네게 딱이다! 너 가지렴.

맞아, 그건 완전 언니 거네. 되게 잘 어울린다.

두 자매의 호응에 혜인은 노모의 유품을 얼른 자신의 쇼핑백에 넣으며 고소했다. 노모가 기거하던 작은 오두막의 장롱과 설합장마다 빼곡히 들어찬 온갖 종류의 의류, 모자, 머플러, 양말, 장갑 등의 잡화를 하나하나 손에 들곤 버려야 할 것인가, 남겨야 할 것인가를 가늠하고 판단하는 일이란 결코 쉬운 일이 아니었다. 생각보다 상당한 신경 소모가 뒤따르는 일이라 차근차근 유품을 정리하는 세 딸의 모습은 꽤나 착잡하고도 지쳐보였다. 어머니라는 우주의 유일무이한, 절대 절친의 존재이기에 당신이 지니고 간수해 온 물건 하나하나가 전부 무심히 쉽게 버려지지만은 않음이 더욱 시간을 끌며 취사선택을 어렵게 했다.

어머닌 딸 셋 중에도 막내딸, 영인을 가장 예뻐했다. 외모며 성격이 가장 당신을 닮은 딸이었기에 그랬는지 아님 가장 여리고 온순하여 절로 마음이 간 때문인지는 알 수 없었다. 털털하고 유순한 맏딸, 경인, 다소 까다롭고 예민한 둘째 혜인, 조용하고 참한 막내, 영인. 세 딸은 각기 다른 외모만큼이나 성격도 다들 제각각임이 신기할 정도였다.

미상불 어머니의 죽음을 가장 슬퍼한 딸도 바로 막내라 보는 이의 가슴을 미어지게 했다. 그나마 오남매를 낳아 길러 애면글면 애통해하는 자식들이 있어 다행인 것일까. 그러나 어차피 이승을 떠남은 훌훌히 홀로 가는 것. 숨을 거두는 순간의 절대 고독과 외로움은 아무도 대신해 줄 수가 없다. 제아무리 많은 자식들이 에워싸고 통곡한들 하등 소용 없는 일. 그보단 고인의 살아 생전 단 한 마디 말이라도 살갑게 해 준 자식이 진정 효녀이며 효자이다. 그러나 정도의 차이는 있겠으나 세상의 모든 자식들은 저마다 모두 어느만큼은 배반의 인자를 타고 났음이 또한 냉혹하고 슬픈 현실이 아닐까.

오남매의 경우도 결코 예외는 아니었다. 주위에 제아무리 오남매 나름 각각의 효도와 그 방식, 그리고 그간의 상황에 관해 무어라 긴 해명을 늘어놓는다 해도 결과적으론 어머닐 홀로 외롭게 방치했음을, 그들 중 아무도 그에 대해 감히 이의를 제기할 사람 없음이 정답일 것이다. 서울에 사는 슬하의 다섯 자식들로부터 멀리 떨어진 강원도 산골 외롭고 낯선 곳에서 임종 때까지 쓸쓸히 당신의 삶을 홀로 견뎌온 처지였기에 아무도 할 말이 없음은 당연했다. 헤어질 때면 문설주에 기대어 외로움에 지친 모습으로 자식들을 배웅하던 마른 풀잎 같던 어머니의 애련한 자태는 좀체 잊을 수가 없었다.

엄마, 추운데 그만 들어가세요.

아니다. 내 뭐 할 일 있나. 언제 또 올래? 자주 쫌 와라. 심심해서 하루 해가 너무 길대이.

하룻밤을 함께 지내고 떠날 때면 그렇듯 늘 서운함 짙은 낯빛으로 문밖까지 따라 나와 인사하던 노모의 모습이 떠올라 새삼 눈시울이 시큰해왔다.

어머니의 유품을 정리하는 세 딸의 마음 또한 각기 서로 다른 외양이나 성향만큼 저마다 다 다듬이 느껴짐은 참으로 묘한 일이었다. 끝까지 어머니를 모셨다고 할 수 있는, 어머니완 그야말로 애증으로 밀착되어 있는 맏딸과는 더없이 친밀한 관계의 모녀였으나, 또한 그로인해 때론 극렬한 마찰과 극단의 대립을 피할 수 없어 종종 서로 심히 상처 주고 상처를 입곤 했던 사이라 할 수 있었다. 어머니의 투병 기간이 조금만 더 길어졌다면 아마 극심한 갈등과 피로로 맏딸이 젤 먼저 쓰러졌을지도 모를 일이었다. 그만큼 맏딸 경인은 어머닐 힘들어 했다. 간병의 노고에서 오는 단순한 고됨이 아니라 어머니의 모든 사고와 언행, 생활 방식을 견딜 수 없어 했다. 하긴 세 명의 딸 중 막내만 빼곤 정도의 차이는 있겠으나 둘째 딸, 혜인 또한 그에 못지 않았다. 어쩜 가장 못되게 군 딸이었을지도 몰랐다. 소위 TK라 할 어머니의 기득권적 중산층 의식. 다소는 좀 호사스럽다 할 취향, 지극히 개인주의적인 사고 등등. 호남 농촌 출신과 결혼하여 더없이 소박하고 희생적인 시모를 둔 혜인의 경우, 자신의 시모와는 너무도 다른 성향의 친정 어머니가 점차 더 견디기 힘들어졌음이 사실이었다. 그로인해 어머니의 존재는 혜인의 마음에서 점점 더 멀어져만 갔음은 어쩔 도리가 없었다. 어쩜 혜인은 단 한 번도 다정한 딸이랄 순 없었는지도 모른다. 태생 자체의 어머니를 그대로 인정하고 받아들이고 사랑하는 것. 그것이 그녀에겐 그토록 어려운 일이었을까. 천성이 유하지 못한 둘째 딸 혜인은 늘 톡톡거리며 어머니의 지극히 자기본위적 사고를 매번 성토하고 비판하기 일쑤였다. 그에 앞서 마흔 다섯 꽃같은 나이에 청상이 되어 홀로 5남매를 키워 온 노고쯤은 모성의 당연한 의무라 여기며 완전히 간과했음은 대저 어디에서 기인된 오판이었을까.

성장기의 혜인은 매우 독단적이고 반항적인 성향이 팽배한 소녀였다. 세상이 규정한 모든 사회질서에 제법 잘 순응하는 편이긴 했으나 기실 그녀의 내면엔 언제라도 그것을 깨부수고 뛰쳐나갈 만반의 태세가 갖춰진 활화산 같은 아이였다. 그러나 그녀에겐 아버지라는 존재의 강력한 제어 장치로인해 좀체 그럴 계기란 오질 않았다. 자상함은 없었으나 과묵하고 엄격하기 이를 데 없는 혜인의 아버지는 카리스마 넘치는 온가족의 정신적 지주와도 같은 존재였다. 말그대로 완전히 입지전적인 인물이라 할 수가 있었다. 극도의 빈한으로 그는 불과 다섯 살의 어린 나이에 부모와 헤어져 정든 집을 떠나야만 했다. 시오리 산길 너머 천년 고찰의 노스님께 교육을 의탁하기 위해서였다. 혜인의 조부는 고사리 같이 연약한 아들의 손을 잡고 좁은 산길을 걷고 걸어 절을 향해 가파른 산길을 걸어갔다. 가다가 개울이 나오면 어린 아들을 등에 업고 물을 건넜다.

마을에서 그리 멀지 않은 곳의 이름난 사찰, 고운사. 그는 그곳에서 노스님들로부터 짬짬이 글을 배웠다. 한문과 한글을 동시에 학습했는데 일취월장, 날이 갈수록 어린 아이의 타고난 영특함이 빼어나 주위 스님들을 놀라게 했고, 단지 고찰의 동자승으로 키우기엔 너무도 그 재주가 승해 장차 빼앗긴 조국을 위해 더 큰 인물로 키워야 한다는 스님들의 판단에 따라 그는 일찍이 일본 유학을 떠나기에 이르렀다.

독학의 온갖 고난, 어려움 속에서 마침내 일본 중앙대 법대에 입학한 그는 방학을 이용해 잠시 귀국, 부모님을 뵈러 고향 땅을 밟았다. 하이네크 교복, 검은색 사각모가 반듯한 이목구비의 수려한 외모와 썩 잘 어울리는 동경 유학생에 한눈에 반한 작은 시골역의 역장, 혜인의 외조부는 무조건 자신의 네 딸 중 가장 예쁜 막내딸과의 맞선을 서둘렀다.

느거 엄마 처녀 때 참 새참고 참했대이.

부친은 때때로 신부감인 어머니의 첫인상을 얘기하며 그렇게 말하곤 했다. 일본에서 어렵게 독학을 하느라 연애경험도 전무한 혜인의 부친은 어느날 외갓집으로 신부감을 보러 갔고 거기서 남동생들, 또래 사촌들과 마당에서 신나게 뛰어 노는 17살 역장집 철부지 막내딸을 보곤 한눈에 반해버렸다. 절대 시집 같은 건 안 가고 그저 동생들과 뛰어 놀며 맘 편히 살고 싶다며 몸단장도 않고 고집을 부리던 역장의 막내딸 처녀 또한 어찌된 셈인지 단정한 교복과 사각모에 멋진 망토를 걸친 준수한 모습의 동경 유학생에게 반해 그만 맘을 앗기고 말았으니 가히 천생연분이라 할 만 했다. 그러나 역장 집 막내딸로 영도 철도 없이 자라난 신부의 앞날은 험난하기만 했다.

시집이라고 가보이 오두막 한 채가 전부였니라.

노모는 종종 그렇게 말하며 한숨을 내쉬곤 했다. 그야말로 사람 하나 보고 아무 것도 없는 빈한한 집에 시집 간 격이니 현실적 난관은 실로 녹록칠 않았던 것이다. 더구나 일본 중앙대 법대를 미처 졸업도 하기 전 제 2차 대전이 터지는 바람에 혜인의 부친은 그토록 힘들게 유학 간 학업의 길을 중도 포기하지 않을 수 없는 일대 불운을 겪어야만 했다. 결혼 직후 아내와 함께 동경으로 건너가려던 그의 계획은 무산되었고 당장 생계를 위해 취업을 해야만 하는 처지가 되었다. 온갖 어려움을 겪으며 지향해 온 법조인의 꿈은 그렇게 중단되었고 그는 급한대로 우선 취업의 길을 택해 일어와 영어에 능통한 조건 덕에 당시로선 매우 취업의 문이

높다는 미대사관엘 들어갔다. 그들은 서울 서소문에 2층 양옥집을 매입, 당시로선 매우 안정된 신혼살림을 시작했다. 아마도 그때가 혜인 부모에겐 그들 인생의 가장 젊고 빛나는 황금기가 아니었을까.

작은 고을 역장집 막내딸, 그러나 맏며느리가 된 혜인 어머니의 결혼생활은 마음 고생이 자심했다. 혜인의 기억으론 젊은 시절의 어머니는 늘 머리가 아프다며 가는 무명천을 이마에 질끈 묶고 아버지를 향해 단식 투쟁을 일삼는 모습으로 기억됨이 일쑤였다. 어쩌다 남편과 부부싸움이라도 하고 난 후엔 더욱 그랬다. 적빈한 환경 탓에 어린 시절엔 동자승으로 사찰에 보내졌고 일찍이 고학생으로 일본 유학을 떠나게 된 혜인 아버지는 집안의 장손으로 언제간 필히 가계를 일으켜 부모와 형제들을 편하게 해주는 게 자신의 태생적 의무라 여겼다. 그러나 당시 비교적 안정된 가정에서 철없이 자라난 그의 아내, 혜인 모는 남편의 그러한 사고와 판단에 선뜻 동의할 수 없음이 당연했다.

때문에 그가 고향 부모님을 위해 뭔가 대단한 효를 행할 때마다 아내와는 크고 작은 마찰이 있기 마련이었으나 결과는 으레 강력한 카리스마를 지닌 혜인 아버지의 뜻이 관철됨이 상례였고, 그로인해 혜인 모는 두통을 핑계로 며칠씩 머리에 무명천을 두른 채 무언의 항거를 일삼곤 했다. 전후 건설회사를 창업한 혜인의 부친은 워낙 힘든 여건 속에서 크고 작은 건설 수주를 위해 늘 동분서주 해야만 했고, 그로인한 신경 소모란 실로 엄청난 것이었다.

어쨌든 성장기 수많은 결핍 속에서 자수성가한 사람 특유의 몸에 밴 근검절약이 생활화 된 남자, 그리고 안정된 중산층 역장집 막내딸과의 만남이란 기실 어찌보면 실로 부조화한 결합일 밖엔 없었다. 그래도 남편에 대한 전적인 신뢰와 의존, 존경의 염, 그것만은 평생을 잃지 않고 간직해 온 것이 어머니의 속 깊은 진실임을 자식들은 모두 알고 있었다.

그러나 불과 49세 푸르청청한 나이에 혜인의 아버지는 뇌막염이라는 근원 모를 병환으로 입원 근 한 달만에 돌연 세상을 등지고 말았다. 전혀 예상치 못한 기막힌 불상사였다. 43세 새파란 청상의 어머니는 집안의 기둥이며 정신적 지주였던 남편을 잃곤 거의 자진하다시피 식음을 전폐하곤 몸져 누웠다. 혜인의 나이 22세 되던 해 여름이었다. 맏이인 큰딸은 출가한 후라 여대생 혜인은 매일 어머니를 모시고 병원 다니는 일이 하루 일과의 전부이다시피한 한 해를 보냈다. 아버지를 잃고 슬픔에 빠질 겨를 조차 없는 아득하고 암담한 나날이었다. 하늘 같은 남편을 잃은 크나큰 상실감이 준 마음의 병이기에 병원 치료는 아무런 효과가 없었다. 급기야 어머닌 신경정신과 치료까지 받기에 이르렀으나 그 무엇도 어머니의 상처를 치유함에 도움이 되는 건 없었다.
 기실 어머니에게 가장 소중한 존재는 뒤늦게 얻은 어린 두 아들임을 깨닫기까지엔 시간이 좀 걸렸을 뿐이었다. 얼마의 시간이 흐르자, 어머니는 아직 너무도 어린 초등 저학년 두 아들을 위해 결코 그대로 좌절할 수는 없다며 분연히 다시 일어섰다. 다행히 아버지의 회사를 떠맡은 이사 한 사람이 사장으로 취임, 당분간 주식 순위에 따라 고인의 가족에게도 급여를 지급하게 되었음이 그나마 불행 중 다행이었다. 형식상 아버지 회사의 감사로 임명된 어머니는 겨우겨우 정신을 가다듬어 다시금 자식들의 양육에 힘을 쏟기 시작했다. 두 아들의 과외 지도며 딸들의 품행, 외모에도 유독 신경을 써 자칫 애비 없는 자식이란 범주를 벗어나게 하려 안간힘을 쓰는 모습이란 보기에 참으로 딱하기만 했다. 어머니의 그런 모습은 혜인을 더욱 좌절과 슬픔에 빠뜨렸다.
 자식 교육에 대한 어머니의 그러한 열정과 투지 덕분일까. 그래도 5남매가 부성 부재의 세월 속에서도 모두 대학을 마치고 평탄히 잘 자라 저마다 일가를 이루었음은 순전히 모성의 희생 덕분이었음은 인정하지 않을 수가 없었다. 그러나 자식이란 부모의 공을 전면 다 알 수는 없는 모반의 존재이기에 정도의 차이는 있으나 5남매의 자식들이 저마다 다 알게 모르게 스스로 혼자 성장한 듯한 다소의 착각을 지니고 있음은 매우 흥미로운 일이었다. 가장 주목할 만한 일은 5남매가 서로 자신보다 다른 형제들에게 모성의 사랑과 보살핌이 더 치우쳤다고 생각하는 현상이었다. 혜인의 경우도 그러한 시각에서 결코 예외는 아니었다.

자신은 집안의 둘째딸로서 늘 부모로부터 가장 관심 밖의 존재이며 별다른 특혜 없이 거의 독립적으로 혼자 자랐다는 의식이 강하게 자아를 지배하였음은 어찌 설명해야만 할지. 근원을 알 수 없는 사고였다. 아버지 사후에도 몇 차례 초중생 과외 아르바이트 외엔 이렇다 할 경제적 활동 없이 스스로 학비 한번 제대로 벌어본 적 없는 여대생이었거늘 이상하게도 자신은 비교적 독립적으로 혼자 컸다는 터무니없는 사고를 좀체 버릴 수가 없었다. 가족과는 쉽게 섞이질 않아 늘 혼자만의 방을 고집하였고, 마치 하숙생과도 같은 의식으로 대가도 지불하지 않으면서 누릴 건 다 누리는 매우 이기적인 딸이었으니, 대저 그런 터무니없는 사고는 어디에서 비롯된 것인지. 성인이 된 후 돌이켜보면 홀로 된 어머니에게 전혀 도움이 안 되는 문제적 존재였음에 때론 만시지탄의 때늦은 회한이 차오르긴 했으나 그 뿐이었다.

그러나 둘째 사위인 혜인의 남편 지석의 무던한 성정 덕에 그나마 혜인은 겨우겨우 효의 평균 정도의 평판은 얻으며 지낼 수 있었음이 그나마 다행이었다. 지석은 몸에 배인 효, 농촌 대가족의 맏이로 자라나 습관처럼 몸에 밴 효심이 느껴지는 소탈한 인성이었고, 어쩜 그건 그의 천성에서 우러나온 것인지도 모를 일이었다. 특별한 사정이 없는 한 휴가 때면 꼭 장모님을 모시고 어디 가는 걸 당연시 여기는 사위였다. 외려 끔찍한 애정으로 키운 두 아들이 처가와 어울리느라 노모에게 미처 신경 쓰지 못하는 딱한 상황을 말없이 커버하는 편이라 그 점은 혜인도 늘 고맙게 여기곤 했다.

잠깐 좀 쉬었다 하자.

종일 어머니의 유품을 정리하던 세 자매가 잠시 휴식을 취하며 오두막 테라스에서 차를 마실 때였다. 옆집 민박 주인, 마을 이장 박 노인이 느긋한 자세로 뒷짐을 진 채 그 모습을 드러내었다. 울타리조차 없는 바로 옆집이기에 텃밭만 건너오면 어머니의 오두막이라 늘 직접 기른 채소며 음식을 나누며 비교적 친밀히 지내온 이웃이었다. 은근히 도시인에 대해 배타성 강한 마을 사람들은 어느날 갑자기 마을에 나타난 어머니의 출현과 그 존재에 대해 사실 내심 그리 반겨할 이유란 전혀 없었음이 당연했다. 마을 노인들이 강한 햇살 아래 땀흘려 일하는 농번기에도 소위 도시에서 온 하얀 피부의 노부인은 챙 넓은 보랏빛 모자에 긴 망사 장갑을 끼곤 네잎 클로버를 찾아 풀숲을 헤매었고, 그런 양을 지켜보는 시선이란 기실 별세계의 이방인을 발견한 듯 낯설고 이질감 느껴지는 일임이 분명했기 때문이었다.

커피 한 잔 하시겠어요.

테라스의 작은 원탁 커피 포트에서 재빨리 커피 한 잔을 내려

박 노인에게 권하며 맏딸 경인이 그에게 아는 체를 했다.
 아니 벌써 어머니 유품을 정리하는 겁니까?
 박 노인이 눈을 크게 뜨며 서운한 기색 완연한 눈빛으로 세 딸을 향해 놀라움을 표했다.
 차일피일 미루다 49재도 지나고 해서 오늘은 맘 먹고 정리 좀 해볼까 해서요.
 혜인이 답했다.
 누가 급히 엄마 방을 쓸 것도 아니잖어여. 좀더 오래오래 고인을 기억하게 그대로 걍 냅두는 게 더 좋을 것 같구먼요. 글고 다 치워도 이 테라스 의자나 다탁 같은 물건은 절대 치우지 말아요. 늘 여기 앉아 우리 내외 일하는 거 내려다 보다간 어떨 적엔 커피도 타 주고 음료나 껌, 초콜릿도 주시고 혔던 게 생생하니께······. 해질녘엔 너무도 쓸쓸한 모습으로 혼자 앉아 있는 모습에 찔끔 눈물이 난 적도 많았구만요.
 붉게 충혈된 눈으로 어머니를 회상하는 박 노인의 모습에 이웃간 실로 짠한 정이 묻어나 혜인은 울컥 눈물이 배어났다.
 말하자믄 우리에겐 엄마의 존재가 삭막한 촌동네의 멋진 풍경이고 뭐시냐, 하, 한 폭의 그림이었다니께요.
 홀쩍 커피를 들이마시며 그만 자릴 털고 일어서는 박 노인의 눈가에 불그레 물기가 차올랐다. 그는 다시 뒷짐을 지곤 몹시 허허한 자태로 천천히 테라스를 떠나갔다. 어머니를 유폐, 방조한 세 딸의 눈에선 일제히 눈물이 솟구쳤다. 가슴이 먹먹해 와 더 이상 아무런 말도 행동도 할 수 없는 긴 침묵의 시간이 흘렀다. 테라스의 외로운 노부인, 어머니의 애련한 영상이 가슴에, 뇌리에 깊이 각인되어 한참을 움직일 수가 없었다.

 저만치 노을 속으로 멀어져 가는 박 노인의 쓸쓸한 모습 뒤로 불현 듯 황순원의 '소나기' 그 산골 소년의 모습이 선연히 오버랩 되어 옴은 알 수가 없는 일이었다.

스마트소설

그의 세 번째 여자

친정 어머니의 삼우제. 묘소로 향하는 금계국 노랗게 핀 초여름 들녘을 달려가며 그녀는 물기 가득한 심경으로 들꽃을 바라보며 눈물지었다. 살아 생전 그닥 정겹고 살가운 딸이 아니었기에 때늦은 회한이 더욱 가슴을 후벼왔다. 노모가 좋아하던 꽃만 보아도, 부신 햇살만 보아도 이제 더 이상은 그걸 함께 보며 즐길 노모의 부재란 절절한 슬픔일 뿐임을 알았다. 예기치 못한 슬픔과 당혹감. 그건 미처 예상치 못한 것이기에 더욱 더 곤혹감 뒤섞인 자탄일 뿐이었다.

노모의 나이 92세. 남들이 생각하기에, 또한 자식들 판단에도 실은 살만큼 산 나이임이 분명했으나 입원 며칠만에 돌연 암 확진 판정이 내려지자, 그녀의 친정 5남매는 모두 아연실색, 충격과 황당함에 말을 잃었다.

저희 부모라면 저는 수술합니다. 아침 회진 중, 마침 노모의 병상을 지키던 그녀를 병원 복도로 불러내어 의사는 그렇게 단언했다. 고령의 환자가 감당해야만 하는 암수술. 그건 누가 봐도 수술에 선뜻 동의할 사안이 아니었다. 형제들과의 상의를 위해 5남매 모두에게 전화를 거는 그녀의 손길이 안정을 잃고 허둥거렸다.

병원에서 직장이 멀지 않고 운전기사가 딸려 가장 기동성 있는 그녀의 남동생, 장남이 가장 먼저 달려왔고 그 다음엔 막내 남동생, 현이 병원 주차장에 막 도착했음을 알려왔다. 연이어 병원에서 지척의 거리에 사는 노모의 주보호자이며 맏딸인 그녀의 언니, 그리고 여동생까지 다 모여들었으나 어쩐 일로 이미 주차장에 도착했음을 알린 현의 모습만은 아직 보이질 않았다.

왜 안 와? 어디야. 전화를 건 그녀의 귀에 심히 평정을 잃고 격하게 오열하는 막내, 현의 음성이 들려왔다. 난 도저히 내색 않고 엄니 얼굴 볼 자신 없어 아직 차안에 있어요. 오남매 중 제가 가장 엄니 속썩이고 애물단지였잖아요. 무슨 소리야. 다 똑같지. 아니, 아니예요. 엄니께서 그렇게 말리는데도 이혼을 두 번씩이나 하고……흐윽……

현의 울음은 더없이 처절하여 그녀 또한 절로 눈물이 쏟아졌다. 경위야 어떻든 누구보다 가장 맘 고생 자심했던 사람은 본인임이 분명했다. 하지만 어쨌거나 이혼을 두 번씩이나 한 죄. 자식으로선 그것도 명백히 부모에겐 죄가 되는 것일까. 하긴 노모를 비롯, 온식구가 나서 극구 말렸으나 끝내 이혼을 불사한 그의 선택은 주위에 큰 상심을 안겼음이 사실이었다. 그러나 시간의 흐름과 함께 점차 모든 게 잊혀지고 묻혀진 지 오래였다.

단지 현, 그의 성향이랄까, 안목이랄까. 그의 여성 취향이 늘 좀 특이한 편임은 인정치 않을 수 없었다. 뭐랄까, 일테면 원만하고 유순한 성품의 여자보담은 좀 별나고 개성적 면모가 강한, 엄밀한 의미로 구분하자면 정상과 비정상의 경계쯤에 속한 듯한 여자들에 끌리는 경향이 다분하다 할까. 그녀의 가족들로선 현의 그러한 점이 참으로 안타깝고 딱하기만 했으나 어쩔 수가 없었다.

현의 첫 여자는 심한 결벽증과 약간의 자폐증, 그 두 가지가 혼합된 듯한 묘한 증상을 보임이 특징이었다. 초등학교 교사에 키는 좀 작으나 비교적 반듯한 외모에도 불구하고 33세가 되기까지 단 한 번도 연애는커녕, 데이트 조차 해본 적이 없는 무미건조한 유형의 여자였다. 예컨대 근무지의 걸스카웃 지도 교사였는데 단 한번도 같은 학교 보이스카웃팀과 행사를 함께 한 적이 없을 정도로 폐쇄적 성향이 짙었다. 어쩌다 동료 교사의 소개로 현을 만나게 되어 주위의 강력한 권유로 결혼에까지 이르게 된 경우였는데 매사가 너무도 정확하고 깔끔하고 빈틈이 없어 일년 365일, 상대를 너무도 옥죄이고 숨막히게 한다는 게 그가 말한 이혼 사유의 요지였다.

두 번째 여자는 골프 모임에서 만난 미대 출신의 웹디자이너로 뭔가 좀 4차원의 사고를 지닌 듯한 매우 특이한 성격의 소유자였다. 처음엔 모든 걸 그에게 맞추며 온갖 노골적 애정 공세로 글래머 몸매에 어울리지도 않는 교태로 그를 사로잡았으나, 결국엔 얼마 못 살고 헤어졌다. 무엇보다 여자가 첫 번째 부인과의 사이에 낳은 현의 아이들을 질시하고 경계하며 접근을 일체 막았음이 결별의 원인이었다. 현은 이혼 후에도 줄곧 양육비를 대고 접견일을 정해 아이들과의 접촉을 지속해 왔는데 여자는 바로 그 점을 참을 수 없어 했기 때문이었다.

그의 세 번째 여자는 한 번의 이혼 경력이 있고 딸애 하나가 딸린, 강남 명문고 출신의 돌싱이었다. 첫눈에도 강남 부유층의 체취나 취향이 곳곳에 배어나는, 그러나 다소는 좀 평범한 세상살이의 기본 개념이 결여된 듯 단순하고 철없는 면모가 주위에 심히 불안감을 안겨주는 유형이었다.

이젠 어쨌든 그걸로 그만 끝내라. 세 번의 결혼이면 충분하잖니. 현을 볼 때면 그녀는 종종 그런 말로 뭔지 모를 자신의 기우를 드러내곤 했는데, 그 이면엔 누구나 겪는 결혼 생활의 난관에 있어 그가 남보다 유독 견디고 참아내는 힘이 부족할 뿐이라는 결론을 도출해낸 때문이었다.

암 확진 후 수술은 물론, 모든 연명치료를 거부한 노모는 입원

후 한 달을 채 못 넘기고 눈을 감았다. 장지는 오래 전 세상을 뜬 선친의 뜻에 따라 두 분의 합장으로 결정이 났다. 노모의 유골을 합장한 선친의 묘터는 공원 묘지의 좀 높은 곳에 위치하여 시야가 확 트이면서도 아늑한 곳이라 맘에 들었다.

노모의 삼우제 날. 초여름 한낮의 땡볕 더위가 만만찮아 그녀의 형제들은 모두 땀을 뻘뻘 흘리며 삼우제를 위한 젯상 차림에 여념이 없었다.

하이, 그랜맘! 그랜파! 씨언한 아이스커피 드세요. 어디선가 귓가에 날아와 박히는 높고 해맑은 음성에 머릴 드니 양손에 테이크 아웃 냉커피 두 잔을 받쳐든 긴머리의 상큼한 처자 하나가 방금 도착한 현, 그리고 그의 세 번째 여자와 함께 노모의 묘소 앞에 나란히 서 허리 굽혀 목례하는 모습이 들어왔다. 안녕하세요. 대디, 대디의 딸, 영아예요. 처자는 놀라움에 모두 벙어리가 된 현의 형제들을 향해 생끗, 웃음을 빼물며 나부죽이 인사했다.

영아라고, 현재 뉴욕 NYU에서 공부하고 있는 제 딸입니다. 방학이라 어제 귀국했는데 굳이 어머님 삼우제에 저도 참석하겠다 해서 델꼬 왔어요. 명쾌한 어조로 현이 가족에게 처자를 소개했다. 아하, 현의 딸이라니. 그렇담 미국에 유학 중이라는, 그의 세 번째 여자, 그러니까 오늘 묘소에 함께 온 여자의 딸이란 얘기. 그럼 최소한 예의를 갖춰 옷이라도 제대로 입혀 데려와야지, 저건 완전 상의 실종, 저 꼴이 대체 뭐람. 미국 서부 롱비치 어느 해변에서 마악 해수욕을 즐기다 온 듯 어깨가 훤히 다 드러나는 비치웨어 차림에 달랑, 냉커피 두 잔이라니. 그녀와 형제들은 너무도 기막혀 어안이 벙벙, 모두 어쩔 줄을 몰랐다. 순간 어디에선가 너무도 놀라운, 온통 그녀의 심장을 뒤흔드는 듯한 익숙한 음성이 들려왔다. 자애롭고 부드러운 노모의 음성이었다.

영아라고 했나. 새 손녀를 만나다니 반갑구나. 우리 연 닿는 데까지 부디 행복한 만남 이어가기로 하자. 날이 더워 냉커피 생각 간절했는데 고맙다, 영아야. 잘 마실게.

때마침 날아온 하얀 나비 한 마리가 처자가 올린 상석 위 두 잔의 냉커피 위로 하느작 날갯짓을 하다간 사라졌다.

얘들아, 괜한 것에 마음 두지 마라. 그저 좋은 게 좋고 예쁜 게 예쁜 거 아니겠느냐. 모든 건 다 사라지고 지나가노니, 헛되고 헛되며 헛되고 헛되니 모든 것이 다 헛될 뿐이다. 너희, 그걸 잊었느냐.

연이어 천상으로부터 내려오는 듯한 귀에 익은 부친의 나직한 음성이 들려왔다.

허공을 떠돌던 한 줄기 시원한 바람이 당혹감에 한껏 달아오른 그녀의 뺨을 스치고 지나갔다.

탈의 미소

기다림의 시간은 너무 길었다. 그러다 어느 가을 마치 꿈결인 양 모르는 번호의 전화 한 통이 걸려 왔다. 그녀와 헤어진 지 무려 30년의 세월이 흐른 초가을 오후였다. 핸드폰을 통해 들려오는 한 여인의 목소리를 듣는 순간, 나는 대번에 그가 정선임을 알아보았다. 윤성희씨 핸드폰 맞나요. 기름기 잘잘 흐르는 맑고 나지막한 음성이었다.
　야, 너 이정선 맞지. 너무 반가운 나머지 대뜸 대학시절의 말투가 그대로 흘러나옴을 피할 길이 없었다. 어. 나 정선이야. 금방 알아보네. 그러엄, 거의 4년을 붙어 다녔는데 니 목소릴 잊겠니. 내 음성이 마구 높아만 감을 느꼈다. 그래, 너무 보고 싶다. 오래된 내 수첩에 니네 친정 전화 번호가 있어서 혹시나 하고 거기로 전화했더니 어머니가 받으시더라고. 진짜 기적이다, 야. 우리 한

번 만나자.

대학 시절, 정선은 얼핏 매우 선선해 보이는 겉보기완 달리 어딘가 좀 묘한 데가 있는 친구였다. 거의 대학 4년을 꼬박 함께 붙어 다녀도 전혀 속을 알 수 없는, 어찌보면 좀 병적 요소가 아닐까 싶은 야릇한 면모가 엿보이기도 하는 애였다.

여고 시절 광적으로 음악에 빠져 학과 공부를 소홀히 한 탓에 대입시에 보기 좋게 낙방하고 당시로선 원서만 내면 들어간다는 인(in)서울의 어느 후기 여대에 간신히 입학한 그해 봄, 바람 부는 황량한 캠퍼스에서 난 정선을 처음 만났다. 무언가 격의 없고 부얼부얼, 강파르지 않은 모습이 또래에 비해 매우 여유로이 다가오는 유형이라 정원 30명인 과에서 가장 먼저 가까워진 친구였다. 교육학과 30명 정원 중 가장 쾌활하고 생동감 넘치는 존재여서 눈에 띄었다.

그에 비해 원하던 대학에 낙방한 열패감에 난 과친구들과도 극히 소원한 관계를 유지한 채 아무도 몰래 혼자 편입시험 준비에만 몰두했다.

그래도 학점은 따야 했기에 난 거의 매일 출석하여 정선과 함께 이 강의실, 저 강의실을 옮겨다니며 함께 점심 먹고 때론 카페 출입도 하며 곧잘 어울렸다. 그러던 중 클래스메이트 중 또 한 명의 여자애가 슬그머니 우리팀에 끼어 들어 세 명이 되었다. 말수

적고 무뚝뚝한 덕현이었다. 하필이면 왜 그런 애가 둘 사이에 끼어든 것인지는 잘 알 수 없으나 아마도 둘의 모습에서 어딘가 좀 편안하고 허술한 틈새가 있었거나 짐짓 늘 좀 편해 보이는 정선의 태도에 이끌린 건 아닌지 대충 그렇게 짐작이 갈 뿐이었다. 어쨌든 셋은 늘 어울려 다녔고, 간혹 미팅에도 참여했고 영화도 보러 다니며 점차 유대감을 키웠고 우정을 쌓아갔다.

그렇게 2년의 시간을 보낸 후 마침내 난 대학 편입 시험에 합격, 소위 스카이대에 속한다는 신촌의 Y대 학생이 되었다. 자연히 정선, 덕현과도 멀어질 수밖엔 없었다. 갑자기 바뀐 환경에 난 모든 것이 낯설고 생경하여 좀체 새로운 캠퍼스에의 적응이 쉽질 않았다.

그러나 놀라운 것은 정선의 태도였다. 나를 만난다는 핑계로 하루가 멀다 하고 버스로 한 20여분 걸리는 Y대에 놀러 와 아예 자신의 학교처럼 캠퍼스를 누비고 다니며 진짜 Y대생처럼 행동했다. 방대한 규모의 남녀 공학이라 자칫 위축될 법도 하련만 전혀 그런 기미가 보이질 않았다. 심지어는 나를 따라 강의실, 채플과 도서관까지 드나들며 급속도로 적응해감이 참으로 놀라울 정도였다. 매사 적응력 뛰어난 성향이 아니고선 도저히 이해가 안 가는 행동이었다.

그렇게 2년의 세월이 흘러 어언 졸업을 하게 되자 그로부터 점차 정선의 모습은 내 눈앞에서 사라져갔다. 어디서 무얼하고 있을까. 핸드폰이 없던 시절이라 때론 너무도 궁금하고 생각이 나곤 했으나 깜깜무소식이었다. 외려 말없는 덕현이 이따끔 내게 전화를 해 안부를 물어 올 뿐이었다. 미처 임용고사가 생기기 전, 대학시절 교직 과목을 이수, 난 중등계 교사가 되었고, 덕현은 용케 취업에 성공, 시내 중심가의 은행원이 되었다.

한데 어쩐 일인지 정선만은 졸업 후 완전히 소식이 두절되고 말았다. 이따끔 그녀의 집으로 전화를 해보곤 했으나 어디로 이사를 간 것인지 "없는 번호"라는 멘트만 흘러 나올 뿐 도무지 연락이 닿질 않았다. 내가 Y대로 편입한 후에도 대학 시절 근 4년간을 함께 어울려 온 친구인데 해도 해도 너무 하단 생각에 마음 한 구석 서운한 생각도 없지 않았다.

그러다 문득 로마 최고의 지성인, 루시우스 세네카의 말이 떠올랐다.

'진정한 우정의 가장 아름다운 특성 중 하나는 그를 이해하고 또 이해하는 것입니다' 세네카의 명언을 되새기며 난 일단 정선을 한없이 이해하고 또 이해하며 언제까지고 그녀를 한번 기다려보자고 맘을 먹었다. 나 또한 그새 결혼하고 교직에 몸 담은 채 아이를 둘 낳아 키우느라 곁을 돌아볼 새 없이 바쁘고 여념 없는 세월이 흘러갔다.

그런데 근 30년의 시간을 건너 뛰어 어느 가을, 난데없이 정선이 소식을 전해온 것이다. 평소 나와는 띄엄띄엄 연락하고 지내던 덕현까지 불러 참으로 간만에, 근 30년만에 셋이 모였다. 뽀얗고 통통한 모습이 매력이던 정선은 더욱 귀티 나고 세련돼 보여 한눈에 봐도 부잣집 사모님 티가 줄줄 흐르는 모습이었다.

신촌에 모여 갈비로 거하게 점심을 쏜 정선이 외제 승용차를 몰아 친구들을 자신의 집으로 데려갔다. 연희동 주택가의 이층집이었다. 연희동의 오래된 주택 대부분이 거의 마당이 좁은 데 비해 정선의 집은 확 트인 넓은 정원을 지닌 저택이었다. 가사 도우미가 공손히 그들을 맞은 후 크리스탈 3단 다과 세트와 풍성한 과일, 그리고 향기로운 커피 세 잔을 내려 왔다. 지난 달 미국 여행 가서 사온 스벅이야. 맛이 괜찮지? 친정이 다 미국으로 이민 가서 이제 나 혼자 남았단다. 때론 너무 외롭더라. 니들 생각도 나고…….

커피 잔을 든 정선의 눈가에 잔잔한 고적감이 어른거렸다. 신혼을 단칸방으로 시작했는데 수없이 이사 다니며 점점 집을 늘여 비로소 이 집에 살게 된거야. 언젠간 꼭 연희동에 살고 싶었지. 학교는 미처 바꿀 수 없었지만 신촌의 모든 것은 내 로망이었어. 정선의 촉촉한 음성이 가슴을 울려왔다.

순간 인터폰의 벨이 울리며 승용차 소리가 나는가 싶더니 잠시 후 현관문이 열리며 한 남자가 들어왔다. 깡마른 모습의 다소

선병질적 인상을 풍기는 50대 후반의 남자였다.

대학동창들이에요. 간만에 오늘 극적으로 만나갖곤……. 당황한 빛 가득한 얼굴로 정선이 몸을 일으키며 두서없이 말했다. 아, 반가워요, 그럼 모두 Y대 동문들인가요. 편히 쉬었다 가세요. 당혹감을 감추지 못하는 정선을 향해 거래처 일이 빨리 끝나 좀 쉬려고 일찍 들어 왔노라 말하며 그는 서둘러 이층으로 올라갔다. 보기 보단 말하는 모습이 훨씬 더 소탈하고 꾸밈없어 맘이 놓였다.

그만 가자. 니네 신랑, 많이 피곤해 보인다. 내가 얼른 핸드백을 집어 들며 자리에서 일어났다. 괜찮아, 항상 귀가가 늦는데 오늘은 의외로 일찍 왔네. 조금만 더 있다 가렴. 늘 저렇게 골골대면서도 강단은 있는 편이라 큰 병은 없어. 체력이 약할 뿐이지. 다행히 두 아들은 나를 닮아 우량아란다. 하나는 미국에 가 있고, 하나는 아직 취준생이야. 그래도 우리집엔 개 없음 진짜 적막강산이다.

골목까지 배웅하며 주절주절 얘기하는 정선의 모습이 더없이 허전해 보여 난 일없이 가슴이 쿵, 내려 앉았다. 이제 모든 것을 가진 듯한 정선에게 결핍이란 대저 무엇일까. 정선과 헤어져 전철역을 향해 걸어가며 덕현이 말했다. 정선이 쟨 학벌 컴플랙스 아직 못벗어났네. 병이다, 병. 아니 나를 완전 Y대생으로 둔갑시키고……, 넌 거기 졸업생 맞지만, 그럼 본인도 거기 출신이란 거 아니겠니. 어이가 없더라고.

이제 와서 그런 게 뭐가 중요해. '뭣이 중헌디~~~'

엷은 고소와 함께 내가 어느 영화의 유명한 대사를 읊으며 덕현의 말을 가로막았다.

그러나 덕현은 심히 충격을 받은 모습으로 한 마디 부언함을 잊지 않았다.

난 사실 다섯 살 연하 남자와의 뜨거운 사내社內 연애 결과, 남자 측 부모의 결사 반대로 지금껏 미혼에 딸 하나 키우며 혼자 살지만, 굳이 숨길 것 없고 거칠 게 없어 맘 편히 사는데, 정선이 쟨 갖출 거 다 갖추고 풍족히 살아도 왠지 뭔가 좀 불안해 보인다. 안 됐더라고. 사는 게 뭐 있니. 난 그저 그물에 걸리지 않는 바람처럼 그렇게 살고 싶다. 덕현은 날이 갈수록 무언가 내공이 쌓여 가는 듯한 모습이었다.

말 많은 사내 연애로 중도에 그만 은행을 나와 작은 카페를 운영하며 미혼모로 홀로 딸을 키우며 살고 있으나, 늘 뭔가 당당하고 의연한 덕현의 모습이 나이 들수록 경이롭고 돋보임은 사실이었다.

입가에 쓸쓸한 미소를 매단 채 우리의 뒷모습을 오래오래 지켜보던 정선의 호젓한 그림자가 시종 눈앞을 가려왔다. 내 발길이 자꾸 허둥거림은 알 수가 없는 일이었다.